書下ろし

離れ簪《かんざし》

風烈廻り与力・青柳剣一郎㊲

小杉健治

祥伝社文庫

目次

吉原
元鳥越町
仁村十右衛門道場
浅草稲荷町
上野新黒門町
斎太郎店
浅草寺
吾妻橋
池之端仲町
不忍池
下谷広小路
菊屋橋
三味線堀
回向院
料理屋『さとむら』
湯島天神
神田佐久間町
向柳原
神田明神
両国橋
筋違橋
神田川
新シ橋
二ノ橋
竪川
隅田川
三河町
北森下町
新大橋
小名木川
海辺大工町
南茅場町
南町奉行所
八丁堀
永代橋

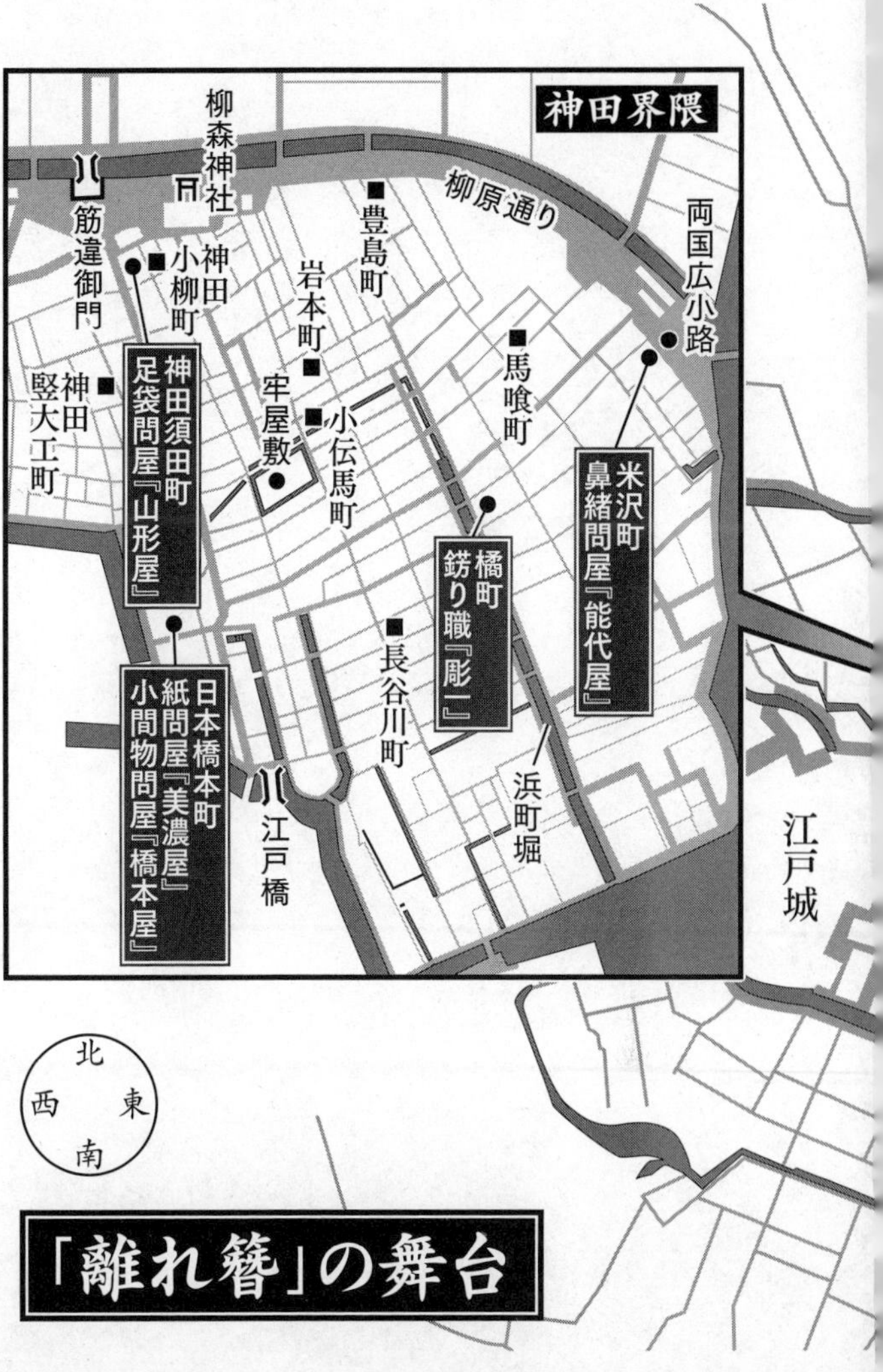
神田界隈
柳森神社
筋違御門
柳原通り
両国広小路
豊島町
神田小柳町
岩本町
馬喰町
神田竪大工町
牢屋敷
小伝馬町
神田須田町
足袋問屋『山形屋』
米沢町
鼻緒問屋『能代屋』
橘町
錺り職『彫二』
長谷川町
日本橋本町
紙問屋『美濃屋』
小間物問屋『橋本屋』
江戸橋
浜町堀
江戸城
北
西
東
南

「離れ簪」の舞台

第一章　持参金

一

陽が翳《かげ》り、おはるが行灯《あんどん》に灯《ひ》を入れた。目が霞《かす》んできて、登一《とういち》は鏨《たがね》を置いて体を起こした。鏨は鉄、金、銀などを彫るのみのような道具だ。

壮吉《そうきち》は体を折り曲げて台の上の簪《かんざし》を彫っていた。銀製の簪に装飾を施《ほどこ》している。

登一は錺《かざ》り職人の親方で、職人は他に金助《かねすけ》と増吉《ますきち》のふたり。あとは住み込みの見習いがふたりいる。そのうちの三太《さんた》はそろそろ簡単な仕事を任せられそうだった。

「どうだ、出来そうか」

登一は職人たちに声をかける。

「あと少しです」

壮吉が答え、金助と増吉も前屈《まえかが》みのまま、同じようにあと少しだと答えた。

「よし。今日中に仕上げてしまおう」

登一は再び台に屈み込んだ。打物師が丹誠をこめて成形した銀の簪に装飾を施すのだ。

装飾には花鳥風月や龍、鳳凰《ほうおう》などの図柄があるが、小間物屋の『橋本屋《はしもとや》』の主人から頼まれた月に猫の図柄を、壮吉が工夫して彫ったところ、可愛《かわい》いと好評で、追加の注文がきた。兄弟子の金助と増吉にも手伝ってもらい、この急ぎの仕事をこなしているのだ。

納期は明日の昼だが、この調子だと今夜中に仕上がりそうだった。

「よし。あと、ひと息だ」

四十二の厄年《やくどし》の登一は自分を励まし、鏨を摑《つか》んだ。

夜五つ（午後八時）を過ぎて、すべて終わった。

「みな、ごくろうだった」

登一は出来上がった簪の彫金の出来を調べ、満足して言った。

「おい、支度《したく》してくれ」

内儀のおはるに声をかけて、登一は煙草盆《たばこぼん》を引き寄せ、煙管《きせる》をくわえた。一仕事を終えたあとの煙草はうまい。

壮吉たちは道具を片づけている。

「さあ、みんな、こっちに来て一杯やっておくれ」

おはるが呼びにきた。

「よし」

煙管を灰吹に叩《たた》いてから、登一が立ち上がり、

「壮吉」

と、声をかける。

「へい」

壮吉が膝《ひざ》を叩いて立ち上がった。

仕事場の隣の部屋に、酒と肴《さかな》が並んでいた。

「ありがてえ」

酒好きの金助と増吉が舌なめずりをした。

登一を含めた四人に見習いのふたりも含めて車座になった。

「みな、よくやってくれた。明日の朝、『橋本屋』に届ける。この簪はかなり売れているらしい。急《せ》かされたが、みなのおかげで『橋本屋』に面目が立つ。礼を

言うぜ。さあ、やってくれ」

登一は機嫌よく言う。

「それにしても、壮吉の考える図案には感心するぜ」

登一がしみじみ言う。

壮吉がこれほどにまでなったことが、登一は感慨深かった。やはり、技の根本を飽くことなく繰り返した姿勢が今日の大成につながったのだ。

「明日は俺と壮吉が『橋本屋』に行ってくる」

呑《の》みながら、登一が職人たちに言う。

「親方。あっしはお先に失礼させていただきます」

いきなり、壮吉が言い出した。

「なに、もう帰るのか」

登一は不服そうに言う。

「へい。ちょっと体がだるいんで、早く帰りたいんです」

壮吉は遠慮がちに言う。

「そうか。そいつはいけねえな。まあ、忙し過ぎたからな。ゆっくり、休め」

「ありがとうございます」

壮吉は挨拶《あいさつ》して立ち上がった。

壮吉は二十七歳になる。十二歳の頃からこの『彫一《ほりいち》』に住み込んで修業をしてきた。来たときは手足が細く、色白の華奢《きやしや》な体で、ずいぶん貧弱な子だった。おまけに、不器用だった。

他の見習いが一カ月で覚えることを、二カ月も三カ月もかかった。だが、登一は辛抱した。教えたことを何度も繰り返している姿勢を認めたからだ。登一は見習いに、道具を使いこなせるようにするため、鏨で紙や葉っぱに穴を空けさせた。道具が手に馴染《なじ》み、手と道具が一体となるまで、続けさせた。

その後、木片を彫らせ、金に触らせるまで五年かけた。

壮吉はひとがすぐ飽きて放り出してしまうようなことにも真剣に取り組んできた。金を彫るようになったとき、登一は丸に一の字だけを彫らせた。それだけを何年も、いやがりもせずに続けた。

ここに来た当初は、ものになるかどうか危ぶまれたが、今や一人前の錺り職人だ。

壮吉が今日《こんにち》あるのは、型をみっちり仕込んだからだ。俺の育て方は間違っていなかったと、登一は満足していた。

「壮吉の野郎。体がだるいっていうのもほんとうかどうか。最近、俺たちを避けているように思える」

金助は酒を呑み干してから吐き捨てた。金助は三十を超していて、『彫一』ではもっとも長い職人だ。いつでも独り立ち出来るのだが、自分から進んで物事に取り組んでいこうとする気骨に欠けるところがある。

「確かに。最近の壮吉の奴、変ですね」

増吉が金助の言葉を引き取った。増吉は二十八歳で、それなりの腕を持っている職人だ。だが、まだ独り立ちは難しい。

「変とはなんだ?」

登一が聞き咎《とが》めた。

「いえ、なんとなくなんですがね」

増吉は金助に目をやって、許しを得てから、

「じつはいつぞや、浜町堀《はまちようぼり》で壮吉がどこかの若旦那らしい男と会っているのを見たんです。何か頼まれているようで、壮吉は困惑していました」

「若旦那らしい男?」

「へえ。同じ年頃に見えたんで、二十七、八ですかねえ。ちょっと、にやけた感

じでした」

「見たのはいつごろだ？」

「ひと月ほど前でしょうか」

「ひと月前……」

登一はおはるの言葉が過《よぎ》った。

近頃、ときたま深く考え込んでいるようだけど、壮吉はどうかしたのかしらと、おはるが言っていたのだ。

そのことと、二十七、八の男とは関わりがあるのだろうか。

「親方。女絡《がら》みじゃありませんかえ」

金助が口をはさむ。

「まさか。壮吉のような堅物《かたぶつ》が……」

「いや、堅物だからこそ、いったん、女に夢中になると、歯止めがかからなくなってしまうんじゃねえですかえ」

金助は続けた。

「二十七、八の男と女の件でもめているのかもしれませんぜ」

「そうかな」

登一は信じられない。壮吉と女が結びつかないのだ。

壮吉がいなくなって、なんとなくしらけた感じになり、夜も遅いこともあって、ほどなく散会になった。

金助と増吉が引き上げ、住み込みの見習いも部屋に引き上げたあと、

「壮吉のことだが」

と、登一はおはるに切り出した。

「金助の言うことをどう思う?」

「どう思うって?」

おはるがきき返す。

「壮吉に女がいると思うか」

「そんなはずないわ」

おはるは言い切る。

「そう思うか」

「ええ。壮吉は仕事のことしか考えてないわ。女の影があれば、もっと身だしなみも変わるはずよ」

「しかし、おめえも壮吉の様子がおかしいことに気づいていたじゃねえか」

「ええ。でも、それは……」

「なんだ。はっきりと思うことを言ってみな」

「はっきりしたことはわからないわ」

「じゃあ、俺が言おう。独り立ちじゃねえのか」

「……」

おはるからすぐに返事はない。

「おめえも、そう思っていたんだな」

おはるの顔色を見て言う。

「そうじゃないけど、何か深く悩んでいるらしいことはわかっていたわ」

「それが独り立ちかもしれねえ」

登一はむすっとして言う。このような表情をすると、職人たちは決して話しかけてこない。それほど不機嫌そうな顔になる。

そろそろ、壮吉の独り立ちを考えてもいいと思っていた。もはや、名人と言われた自分と遜色《そんしょく》のない仕事をするどころか、新しい図案の工夫にも長《た》けている。

だが、いざ独り立ちとなれば、仕事をもらわなければならない。つまり、『橋本屋』の旦那の許しを得なければならない。壮吉のほうにも仕事をまわしてもらうためだ。

じつのところ、技量を認めながら、独り立ちを勧めなかったのは、壮吉にはこの『彫一』のあとを継いでもらいたいと思っていたからだ。

「おあきが壮吉を婿《むこ》にしてくれたらよかったんだが」

娘のおあきは打物師の親方の倅《せがれ》のところに半年前に嫁に行ったが、一度、おあきに壮吉のことを持ちだしてみた。すると、あんな面白みのないひとと結婚したら息が詰まっちゃうわと、おあきは一笑に付した。

確かに、壮吉はばかがつくくらいの真面目《まじめ》な人間で、道楽は何もない。冗談を言うわけでもなく、仕事のことしか頭にない人間だった。

何年か前に、吉原《よしわら》に連れて行ったことがある。やはり夢中になることはなかった。酒は一合呑めば十分で、博打《ばくち》はしない。

亭主にするのはそれぐらいの男がいいんだ。そう言ったが、おあきは取り合わなかった。結局、おあきは打物師の嫁になったが、打物師は金、銀などを加工して簪を作り、そこに彫金をして装飾を施すので、錺り職人とは密接な関係があった。

壮吉とおあきの一件はうまくいかなかったが、ゆくゆくは『彫一』を継がすつもりだった。

「増吉が見たという男は、ひょっとしてどこかの小間物屋の人間かもしれねえ。今、売れている簪の装飾を考え出したのが壮吉だと知って引き抜こうって魂胆かもしれねえ」

思わず、語気を強めた。

「でも、まだ、そうだと決まったわけじゃないわ。金助の言うように、やっぱり女が出来たかもしれないじゃない」

「考えられねえ」

「壮吉だって二十七よ。不器用だから、ひとりでぐずぐず悩んでいるんじゃないかしら」

おはるは心配そうに言う。

「明日、『橋本屋』の行き帰りでも、それとなく確かめてみよう」

登一はため息をついた。

翌日、登一は壮吉に荷を背負わせて、本町《ほんちょう》通りにある『橋本屋』に向かった。

『彫一』は浜町堀沿いの橘町《たちばなちょう》一丁目にあるので、四半刻（三十分）もかからず、『橋本屋』に着いた。

大きな店だ。間口の広い店先には白粉《おしろい》から櫛《くし》、簪、笄《こうがい》などが並んでいる。登一が顔を出すと、

「ごくろうさま」

と、番頭が飛びだしてきた。

壮吉が荷を置き、風呂敷きを解く。平打ち簪が納められた箱が出てくる。番頭がいくつか摑み、

「うむ。いいですな」

と、満足そうに言う。

「登一親方。ごくろうさん」

奥から主人の勘兵衛《かんべえ》がにこやかな顔で出てきた。

「これは旦那。いつもお世話になっております」

登一は腰を折る。

「旦那さま。品物は約束どおりいただきました。みな、見事に仕上がっています」

番頭が告げる。

「そうですか。では、すぐ店先に並べなさい」

「はい」

番頭は、手代に手伝わせ、店先に向かった。

「親方。今度は大川《おおかわ》を想像できるようなものを彫っていただきたいんだが」

「大川ですかえ」

「うむ。静かな波の上で佇《たたず》む屋形船です。どういう図柄かは任せます」

「承知しました」

登一は答える。

「壮吉さん」

勘兵衛が声をかける。

「おまえさんの考える図案は評判がいい。これからも頼みましたよ」

「へい。ありがとうございます」

壮吉は頭を下げた。

「旦那。それでは」

登一は挨拶をして、『橋本屋』を出た。

ひとの行き来で賑《にぎ》わう本町通りを東に向かう。

浜町堀にさしかかったとき、

「壮吉。何かあったか」

と、登一は声をかけて立ち止まった。

「えっ?」

壮吉は驚いたような顔をし、

「どうしてですかえ」

と、きき返す。

「最近、よく考えごとをしているらしいじゃねえか」

「…………」

「壮吉。俺に何か隠していることはないか」

「いえ」

壮吉はうろたえたように言う。

「もし、何か悩んでいることがあったら、俺に言うんだ。いいな」

「へい」

壮吉は俯《うつむ》いて答えた。

やはり、壮吉は何かを胸に抱えている。だが、それ以上は突っ込んできけなかった。

橋を渡り、『彫二』に帰った。

その日は、早く仕事を切り上げた。

「しばらく忙しかったんだ。きょうはみな早くあがるんだ。また、明日から忙しくなるからな」

登一が言うと、壮吉がすぐに道具を片づけだした。

「親方。じゃあ、お先に失礼させていただきます。帰って、図案を考えてみます」

壮吉がいそいそと帰り支度をする。

「うむ。頼んだぜ」

「はい」

壮吉は土間を出て行く。

「親方。あっしらもこれで」

金助が言い、増吉も頭を下げた。

「うむ。ごくろうだった。また、明日だ」

「へい。では」

ふたりは仲良く帰って行く。

「おまえさん、壮吉のこと、何かわかったかえ」

おはるがきいた。

「壮吉は隠し事は何もないと言っていたが、あの様子からして何かあるのは間違いない。なかなか、胸の内を明かしてくれそうにない」

登一はため息をつく。

「出て行くつもりなんでしょうか」

おはるが悲しそうな声で言う。

「わからねえ」

登一は胸がつかえた。俺が手塩にかけて育てた職人だ。誰にもとられたくねえ。登一は思わず呻《うめ》いていた。

翌朝、金助と増吉が早々と『彫一』にやって来た。

「どうした？　やけに早いじゃねえか」

登一が訝《いぶか》ってきいた。

「親方。じつはゆうべ、壮吉のあとをつけたんです」

金助が声をひそめて言う。

「どうしてだ？」

「へえ。ゆうべ、そそくさと帰って行った壮吉の様子が気になって、また例の男に会いに行くんじゃないかと思いまして」

「で、どうだった？」

金助を咎めるより、結果が気になった。

「へえ。それが、壮吉の奴、両国橋《りょうごくばし》を渡って、回向院《えこういん》前にある『さとむら』という料理屋に入りました」

「料理屋？」

登一は首をかしげた。壮吉が料理屋に行くことは珍しい。それも、両国橋の向こうに行くことは考えられない。

「ひとりか」

「ひとりでした」

「そこで、例の男と会ったのか」

「そんな様子はありませんでした。あっしらも用心して入ったんですが、入れ込みの座敷で、ひとりで酒を呑んでました。半刻（一時間）ほどで引き上げました」

「半刻ほどで引き上げた？　ただ、呑んでいただけか」

「そうです」

「待ち合わせの相手が現われなかったということか」

「そうかもしれません」

「つけていたことは気付かれていないんだな」

「おそらく」

「そうか。わかった。あとは、俺に任せろ」

「へい」

そのとき、戸障子《としょうじ》が開いて、壮吉が姿を現わしたので、ふたりは会釈《えしゃく》をして持ち場に戻った。

壮吉も難しい顔で登一に挨拶をし、持ち場に向かった。壮吉は何かで悩んでいる。その答えが、『さとむら』という料理屋にあるのだろうか。

二

御小普請支配《こぶしん》の及川辰右衛門《おいかわたつえもん》の屋敷からの帰りに、青柳剣一郎《あおやぎけんいちろう》は下谷七軒町《したやしちけんちょう》にある高岡弥之助《たかおかやのすけ》の屋敷に寄った。

剣一郎の娘るいと弥之助が恋仲になり、晴れて祝言《しゅうげん》を挙げることになった。

弥之助は今は無役の小普請組にいるが、甲府《こうふ》埋蔵金に絡む収賄事件を解決に導いたことで、及川辰右衛門からお褒《ほ》めの言葉を頂戴《ちょうだい》し、御番入りも叶うことになった。

きょう剣一郎は及川辰右衛門に私的な立場で呼ばれ、そのことを告げられたばかりでなく、仲人の労までとってくれるという。

それを伝えるために、高岡家に寄ったのだが、弥之助の父親は剣一郎の言葉に涙を流して喜んだ。

弥之助には道場に行っていて会えなかったが、剣一郎は弥之助のふた親としばし語らい、高岡家を辞去した。

陽は傾《かたむ》き、西陽が右手から射している。剣一郎は三味線堀《しゃみせんぼり》の脇を通って向柳《むこうやなぎ》原《わら》に差しかかった。

着流しに編笠をかぶっている。南町の風烈廻り与力であるが、特命を受け、定町廻り同心の手助けをし、これまでに数々の難事件を解決してきた。若き日に、押し込みが行なわれているなかに単身乗りこんで暴漢を全員退治した際、左頰《ほお》に受けた刀傷が青痣《あおあざ》として残った。その青痣が、勇気と強さの象徴のように思われた。ひとびとは畏敬の念をもって、剣一郎のことを青痣与力と呼ぶようになった。

青痣与力の名は江戸中に知れ渡り、会ったことのない相手も左頰の青痣を目にして、すぐに青痣与力だと気づく。だから、剣一郎は風烈廻りとして市中を見廻るとき以外は、なるたけ笠で顔を隠し、相手に無用な気遣いをさせないようにしている。

神田川《かんだがわ》にかかる新シ橋《あたらばし》に差しかかったとき、いきなり脇を男が近寄ってきて、

「恐れ入ります。橋を渡るまでご一緒させていただきたいのですが」

と、声をかけてきた。

「何かあったのか」

剣一郎は三十ぐらいの目付きの鋭い男にきいた。紺の股引《ももひ》きを尻端折《しりつぱしよ》りした男

だ。

「へえ。ちょっと、あとをつけられているような気がして」

男は振り返った。

剣一郎は後ろを見たが、職人体《てい》の男や武士が歩いているだけで、怪しい人間は目につかなかった。

「ほんとうにつけられているのか」

「そんな気が……。橋を渡るまででいいんです」

「なにやら事情がありそうだな」

「へい、そのことはご勘弁を」

「いいだろう」

新シ橋に向かう。前を、細身の男が歩いている。格子縞《こうしじま》の茶の着物に白っぽい献上博多《はかた》帯、どこか小粋な感じの男だ。

その男はなにやらときたま振り返り、背後を気にした。三十二、三歳だろうか。男は新シ橋を渡ったところで立ち止まって振り返った。

目鼻立ちの整った顔だが、どこか軽薄な感じがしたのは、気取ったような立ち居振る舞いのせいだ。今も背筋を伸ばし、顎《あご》に手をやって、こっちを見ている。

剣一郎に同行を願った男を気にしているようだ。目付きの鋭い男は剣一郎の陰に隠れるように橋を渡った。

男が脇で緊張しているのがわかった。

柳原通りに出てから、

「お侍さま。申し訳ありませんでした。助かりました」

と、男は言う。

「うむ。気をつけて参れ」

「ありがとうございます」

男は両国広小路《ひろこうじ》のほうに足を向けた。剣一郎は柳原通りを突っ切り、豊島町《としまちょう》に向かう。豊島町の通りに入りかけたとき、剣一郎は立ち止まって、男を気にした。案の定、男は途中で引き返してくるのがわかった。

男はあとをつけられていたのではない。逆に、三十二、三のにやけた男のあとをつけていたのだ。気付かれそうになって、たまたまそばにいた剣一郎に道連れを求め、相手の疑いを逸《そ》らそうとしたのではないか。

改めて、にやけた男のあとをつける気だろう。どういう関係かわからないが、何かあったわけではないので、剣一郎はそのまま豊島町の町筋から馬喰町《ばくろちょう》を通って八丁堀《はっちょうぼり》に向かった。


その夜、剣一郎は夕餉《ゆうげ》のあと、妻女の多恵《たえ》に、

「高岡どのも、このたびのことは大いにお喜びであった」

剣一郎は弥之助のふた親に会ったときの様子を伝えた。

剣一郎の娘るいが弥之助と神田明神《かんだみょうじん》で出会い、艱難《かんなん》を乗り越え、ようやく結ばれようとしていた。

弥之助は近々、御番入りが叶う。その暁《あかつき》に、晴れて結納を交わすという話になった。

「祝言は来春になりましょうか」

多恵が確かめる。

「うむ。来春早々がいいだろう。及川さまがいろいろご配慮してくださるそうだ」

「ようございました」

多恵はほっとしたように言う。

「うむ。これで一安心だ」

「でも、さびしくなりますね」

多恵がしんみり言う。

「うむ。しかし」

剣一郎は真顔になって、

「るいが嫁に行くことになったら、わしはうろたえ、我を失ってしまうのではないかと思っていた。だが、実際、そのことに直面してみると、予想に反して心底うれしいと思うようになった。決して、強がりではない」

剣一郎は続ける。

「弥之助のおかげだ。よくぞ、弥之助のようないい男がいてくれたものだ。あのような男を好きになったるいの手柄とも言える」

剣一郎は弥之助を手放しで褒めたたえた。

我が息子剣之助《けんのすけ》も立派に成長したが、弥之助も剣之助に勝るとも劣《おと》らない。きっと、るいを仕合わせにしてくれるだろう。

「私の父も同じことを言ってましたわ」

多恵が微笑して言う。

「同じこと？」

「はい。よくぞ剣一郎のような男を好きになった。多恵、でかしたぞって」

「ほんとうか」

剣一郎はくすぐったくなった。

玄関で、声がした。

「あれは左門《さもん》だな」

幼馴染みの橋尾《はしお》左門だ。

「行ってきます」

多恵が立ち上がって玄関に向かった。

やがて、左門がやって来た。

「すまん、夜分に」

左門はにやついて入ってきた。吟味《ぎんみ》方与力である左門は奉行所にいるときは厳《いか》めしい顔をしているが、一歩仕事を離れると、まったくの別人のように如才《じょさい》ない。

勝手に部屋に入ってきて、剣一郎の前にあぐらをかく。

「何か用か」

剣一郎はきく。

「用がなければ来ちゃいけぬのか」

「おいおい」

「冗談だ。これを見ろ」

左門は懐《ふところ》から懐紙にはさんであった簪を取り出して寄越《よこ》した。

「なんだ、これは？」

銀製の簪だ。

「今、これが売れているそうだ」

月に猫の図柄だが、猫が本物のようによく出来ていた。

「見事なものだ」

剣一郎は簪を多恵に見せた。

「まあ、可愛い」

多恵は猫を見て目を細めた。

「これ、どうなさったのですか」

「るいどのへ、お祝いに贈り物をしようと思ってな」

「この簪をか」

「これは安物だ」

左門は言い、

「これを売っている『橋本屋』という小間物屋できいたら、この飾りつけは『彫一』という錺り職人のところで施したらしい」

「安物というが、見事なものだ」

「もっといいものを、るいどのに作ってあげたいのだ」

「そんな気を使わなくていい」

剣一郎は言う。

「いや。わしが何かしてやりたいのだ。るいどのに似合う図案の装飾を施した簪を、『彫一』で作ってもらおうと思っている」

「そうか。それはるいも喜ぶだろう」

剣一郎は素直に好意を受けることにした。

「そこでだ。そなたに頼みがある」

左門は少し身を乗り出し、

「そなたに、るいどのの好みを探ってもらいたい」

「本人に希望をきくのがいいだろう。今、るいを呼ぼう」

「待て」

左門は制した。

「いきなり渡して喜ばせたい。だから、それまで内密だ」

「そんなものか」

剣一郎は苦笑し、多恵を見た。

「そうですね。るいはあまり仰々《ぎょうぎょう》しい派手なものは好みません。若いのに渋《しぶ》好みですが……」

「渋好みか」

左門は大きく頷《うなず》きながら、

「確かに、そんなところがある。見目が華《はな》やかだから、かえってそのようなものが当人を引き立たせる。渋好みは剣一郎に感化されているのか」

「そうかもしれません」

多恵が微笑《ほほえ》む。

「そこで、もうひとつ、頼みがある」

左門が言う。

「なんだ?」

「わしの代わりに、『彫一』に行ってくれぬか」

「わしはなかなか奉行所から抜け出せぬ。その点、そなたは見廻りなどで、自由に歩き回れる身」

「おいおい、そなただって動けよう」

「頼む。金はわしが出す。だから、注文や職人との打ち合わせなど、そなたに頼みたい。るいどのが気に入る簪を作りたいのだ」

「いいじゃありませんか。おまえさまと左門さまの思いが込められた簪なら、きっとるいは喜びましょう」

多恵が口をはさむ。

「そうよな。よし、わかった」

剣一郎は、るいの喜ぶ顔を思い描いて請け合った。

数日後、剣一郎は浜町堀にある『彫一』を訪ねた。

戸障子を開けると、仕事場で、四人の職人が体を曲げて台に向かっていた。見習いらしい若い男が出て来て、

「いらっしゃいまし」

「………」

と、声をかけた。

「親方に会いたい」

奥にいた男が手を止めて顔を上げた。四十ぐらいの男だ。

「これは青柳さまで」

男は立ち上がって上がり框《がまち》までやって来た。

「親方か」

「はい。登一でございます」

「仕事の手を休ませてしまったようだ。申し訳ない」

「いえ、ちょうど息抜きをしようとしていたところです」

登一は如才なく言う。

「これは、ここで作ったそうだな」

剣一郎は簪を取り出した。

「へい。さようで」

「なかなか、見事なものだ」

剣一郎は感心してから、

「こちらでは誂《あつら》えものを扱っているか」

と、確かめた。

「へえ。お引き受けいたしております」

「じつは、簪をお願いしたいと思ってな」

そう言い、自分の娘への贈り物だと話してから、

「ただ、図柄がどのようなものがいいか、わからぬのだ。仕上げは来年の早々でよいので、しばらく考えようと思うのだが」

「わかりました。どのようなものがお望みか仰《おつしや》っていただければ」

「やはり、そのほうが娘を見て、どのようなものが似合うかを見極めて彫るというのは難しいのだろうな」

「お客さまの好みをいただいて、それに見合ったものをお作りするのがよろしいかと」

登一が答えたとき、職人のひとりが顔を上げた。細面の色白の男だ。おとなしそうな感じだが、目がらんらんと輝いているのが印象的だった。

「では、また近々寄せてもらう」

剣一郎は登一に挨拶をして引き上げた。

三

青柳剣一郎が帰ったあと、

「親方。今のお方が青痣与力ですかえ」

と、金助がきいた。

「そうだ。青柳さまだ。青柳さまから注文をいただけるなんて光栄だ」

登一が答える。

「やはり、ここは親方自《みずか》ら？」

金助が確かめる。

「そうよな。俺が責任をもって引き受けよう」

「親方」

壮吉がいきなり声をかけてきた。珍しいことだ。

「なんだ？」

「もし、よろしければ、あっしにやらせていただけませんかえ」

「なに、おめえが？」

登一は目を見開いた。

「へえ。今をときめく青柳さまのお嬢さまの簪を手がけてみたいのです」

「おいおい。壮吉」

金助が口を入れた。

「それを言うなら、俺だって引き受けてえ。だが、ここは親方にやってもらうのが筋だろうぜ」

「わかっています」

壮吉は応じてから、

「でも、身の程知らずかもしれませんが、ぜひ、やってみたいのです」

と、いつになく、身を乗り出していた。

「壮吉。おめえ、少し調子に乗ってねえか」

金助が顔色を変えた。

「おめえが工夫した図柄が当たったからといっていい気になっているようだが、おおもとは『橋本屋』の注文だ。それをおめえが手を加えたに過ぎねえ。それを、自分の手柄だと思って……」

「兄貴。俺はそんなつもりはねえ。兄貴の言うとおり、あれは『橋本屋』の注文に従っただけだ。俺は何もしちゃいねえ」

壮吉はむきになって言い返す。

「それに、青柳さまだからやりたいというわけじゃねえ」

「じゃあ、なんだ？」

「…………」

壮吉は返答に窮《きゅう》した。

「待て待て。もう少し話が進んでから誰がやるか決める」

登一はとりなしたものの、壮吉の態度に戸惑《とまど》いを覚えた。確かに、金助たちが言うように、壮吉は今までと違う。やはり、何かがあったのだ。

その日の夕方、登一は浅草稲荷町《あさくさいなりちょう》にある仏具店を何軒かまわった。仏具の装飾の仕事で取引きがある店への挨拶まわりだ。

『彫一』の得意先の大部分は小間物屋か仏具店であり、誂えの仕事はたまにあるだけだ。小間物屋からの仕事は同じものをたくさん彫るだけだが、青痣与力からの注文のような仕事は職人にとって腕の見せ所だ。この世にふたつとないものを作るのだ。壮吉がやりたいと思う気持ちはわからなくはない。

各仏具店からいくつかの仕事の依頼を受け、登一が駒形《こまがた》から蔵前《くらまえ》までやって来たときにはすっかり辺りは暗くなっていた。

浅草御門を抜け、浜町堀に向かいかけて、登一はふと足を止めた。

両国橋のほうに向かって行った男が壮吉のように思えたのだ。迷ったのは一瞬で、登一はあとをつけた。

あの後ろ姿は、壮吉に間違いなかった。両国橋を渡って行く。橋は往来のひとが多い。柳橋《やなぎばし》の船宿や大川に面した料理屋の灯が輝きを増し、対岸の本所《ほんじょ》や深《ふか》川《がわ》方面の町も点々と明かりが灯《とも》っていた。

壮吉は橋を渡り、回向院前にある『さとむら』という料理屋に入って行った。

金助が言っていた店だ。

二階は部屋がいくつかあるが、一階の広い座敷は追い込みで、比較的安い値で料理が食べられるようだ。

登一は少し遅れて、料理屋に入った。

女中に案内されたが、追い込みの座敷に不用意に入ると、壮吉と顔を合わせてしまう。壮吉と背中合わせになるように座りたいので大広間を覗《のぞ》く。半分ほど客で埋まっている。おやっと思った。壮吉の顔が見えない。

「お客さん。どうぞ」

女中が廊下に立ち止まった登一を急かす。

「少し前に、若い男がひとりで入ったが、どこに座ったかわかるかえ」

登一はきいた。

「お知り合いですか」

「そうだ」

「お二階です」

「二階？」

耳を疑った。

「誰かといっしょか」

「いえ、おひとりです」

「ひとり？」

「お客さんも、どうしますか」

「ああ、すまねえ」

登一は追い込みの部屋に入った。

ここは鰻《うなぎ》料理が主だ。二階は高そうだ。壮吉にそんな金があるはずない。

酒を頼んだ。ともかく、時間を潰《つぶ》すしかない。

　女中が酒を運んできた。

　登一は女中に銭を握らせ、

「二階の客は壮吉っていうんだ。今どうしているか、様子を見て来てくれねえか」

「わかりました」

　女中は銭を懐に仕舞って頷く。

「俺のことは内証だ」

「はい」

　女中は去って行った。

　登一はこれから誰かがやってくると睨《にら》んでいた。金助が見たという二十七、八の若旦那ふうの男だ。

　どこぞの小間物屋の若主人で、壮吉を抱え込もうとしているのではないか。独り立ちの手助けをし、仕事をまわすという餌《えさ》をぶらさげているのかもしれない。

　銚子《ちょうし》が軽くなってきたとき、女中がやって来た。

「上のお客さん。おまちさんを相手に酒を呑んでいます」

「おまち？　女中か」

「そうです。名指しをしたようです」

「名指し？」

登一は耳を疑った。

「お客さん、お酒は？」

「もう一本、もらおうか」

「はい。鰻は召し上がらないのですか」

「いや、いい」

仕上がるまで時間がかかりそうだ。

女中が去ってから、登一は首をひねった。女にまったく関心を示さなかった壮吉だが、おまちという女中に惹《ひ》かれたのだろうか。

再び酒が運ばれてきた。

「すまねえ」

「お客さん。壮吉ってひと、お帰りですよ」

「なに、もう帰る？」

「ええ、今、帳場でおまちさんが女将《おかみ》さんに勘定書を書いてもらっていました」

「すまねえ。こっちも勘定してくれ」

「え、お酒は？」

「ここに置いて」

「はい」

女中が帳場に向かったあと、登一は酒を器に空け、ぐっと呑み干した。

それから廊下に出て、玄関のほうを見る。

しばらくして、梯子段《はしごだん》から壮吉と女中が下りてきた。おまちという女中だろう。二十歳《はたち》ぐらいか。額《ひたい》が広く、素朴《そぼく》な感じの女だ。

壮吉とは似合いかもしれない。そう思わせるような物静かな娘だ。

壮吉が引き上げて行った。おまちに声をかけたい衝動を抑えた。先走って、壮吉に知られたら困る。

女中がやって来たので勘定を払い、登一は店を出た。

すでに、壮吉の姿は見えなかった。急ぎ足になって両国橋を渡る。橋の真ん中辺りにやって来たとき、壮吉の背中がようやく見えた。

肩を落としているように見える。考えごとをしているようだ。好きな女と会ってきたあととは思えない沈んだ姿に思えた。

おまちとはうまくいかなかったのだろうか。壮吉はそのまま岩本町《いわもとちょう》の長屋に帰って行った。

登一は家に帰って、おはるに今の顚末《てんまつ》を語った。

「そう、女だったの……」

「だが、うまくいかなかったのかもしれないな。料理屋には半刻もいなかった。引き上げたあとの様子も元気がなかった」

「可哀《かわい》そうだね」

「壮吉が青柳さまの仕事を引き受けたいと進んで申し出たのは、好きな女のために仕事で成果を上げたいと思ったからかもしれないな」

「なんとかしてやりたいわね」

おはるが気にする。

「うむ。おあきと一緒になってくれるのが一番よかったのだが」

おあきの婿になって、『彫一』を継いで欲しいと、話したことがある。壮吉はしばらく考えさせてくれと答えた。おあきにその気がなかったので、話はそれきりになったが、壮吉の態度に変わりはなかった。もともと気乗りしなかったようだ。

「一度、おまちという娘さんに会ってみたらどう?」

「いや。やはり、壮吉の気持ちをきいてからだ」

「そうね」

「明日、思い切ってきいてみる」

登一は腹を決めて言った。

翌日の夕方、登一は鏨と小槌《こづち》を使っている壮吉に声をかけた。

「壮吉」

「へい」

壮吉は手を休めて顔を向けた。

「あとで話がある。終わったら少し残ってくれ」

「わかりやした」

壮吉は軽く頭を下げ、再び作業に入った。

金助と増吉が何ごとかと顔を見合わせた。登一は知らぬふりをして、作業にかかった。

暮六つ(午後六時)の鐘が鳴り、金助と増吉が仕事を切り上げた。

「親方、壮吉のことで何かわかったんですかえ」

金助が小声できいた。

「いや、たいしたことではない」

「そうですか」

金助はもっとききたそうだったが、登一はわざと顔をそむけた。金助は諦《あきら》めたように、

「親方。あっしらはこれで」

「ごくろうだった」

「へい」

ふたりが引き上げたあと、

「壮吉。切りのいいところで」

と、登一は声をかけた。

「もう、終わります」

壮吉は顔を上げて言った。

居間に行くと、酒の支度が出来ていた。登一は長火鉢《ながひばち》の前に座る。

しばらくして壮吉が入ってきた。

「そんな畏《かしこ》まらなくていい。足を崩せ」

居間のとば口で正座をしている壮吉に、登一は楽にするように言う。

「へい」

だが、壮吉はそのままの姿勢でいる。

「さあ、一杯いこう」

ちろりを持って、壮吉に言う。

「すみません」

壮吉は猪口《ちょこ》を摑んだ。

自分のにも注《つ》いでから、

「壮吉。毎日、ごくろうさん」

と、ねぎらって猪口を口に運んだ。

壮吉も猪口を口に持っていったが、形だけだった。

「壮吉。じつはゆうべ、俺はお得意さんと回向院前にある『さとむら』という料理屋に行ったんだ」

壮吉は驚いたように顔を上げた。

「俺たちは一階の追い込みの座敷だった。帰りがけ、おめえを見かけたんだ。きけば、おまちという女中を名指しして二階の部屋で呑んでいたそうじゃねえか」

「………」

壮吉は口を喘《あえ》がせただけで声にならなかった。

「そのことで、とやかく言うんじゃねえから安心してくれ。壮吉。教えてくれ。おめえ、おまちが好きなのか。好きなら、俺たちでなんとかうまくいくよう力になろう」

「違います」

壮吉は首を激しく横に振った。

「違うとは?」

「好きとか嫌いとかじゃないんです。そんなんじゃありません」

「じゃあ、なぜ『さとむら』に行ったんだ?」

「それは……」

壮吉は返答に窮した。

「じつはな、ひと月ほど前、浜町堀でおめえがどこかの若旦那らしい男と会っているのを、金助たちが見ていたんだ」

壮吉ははっとして顔を上げた。

「おめえを引き抜こうっていう小間物屋か……」

「違います。そうじゃありません」

「じゃあ、誰なんだ？　その男の名前も言えないのか」

「米沢町《よねざわちょう》にある鼻緒問屋『能代屋《のしろや》』の音次郎《おとじろう》さんです」

「鼻緒問屋？」

「はい。音次郎さんは『能代屋』の次男です。跡取りは兄の音太郎《おとたろう》さんです」

「おめえと音次郎さんはどういう間柄なんだ？」

「はい。半年ほど前、『橋本屋』さんに品物を届けに行ったとき、たまたま音次郎さんが客で来ていたんです。そんとき、はじめて顔を合わせました。それきりでしたが、ひと月ほど前、仕事帰りに突然、あっしの前に現われたんです」

「何か頼まれたのか」

「へい。おまちさんのことです」

「おまちの？」

「音次郎さんとおまちさんは好き合っていたんです。でも、親の反対があって、おまちさんを嫁にすることは出来ません。それでも、ふたりは別れることが出来ず、ずっとつきあっていたんですが……」

壮吉は深いため息をついた。

「どうした？」

「音次郎さんが婿に入ることになったんです」

「婿？」

「はい。神田須田町《すだちょう》にある足袋《たび》問屋の『山形屋《やまがたや》』さんです」

「『山形屋』だって？　確か、一年前に婿が死んだところのはずだが」

噂《うわさ》で聞いただけだが、『山形屋』の娘はかなりの美貌で、婿になりたい男が何人もいたらしい。その中で、選ばれた男が婿になって半年後に病死した。美しい後家の話はあちこちの呑み屋で酒の肴になった。登一が聞いたのは、行きつけの髪結い床で《どこ》だった。

「そうらしいです。で、このたび、後家になった内儀さんのところに音次郎さんが婿に入ることになったんです」

「そうか。音次郎さんが『山形屋』に婿に入ることになったのか」

「近々、祝言を挙げることになっているはずです」

「やはり、美しい女は得だな」

再婚相手にも不自由をせず、より取り見取りだったのだろう。

「音次郎さんが別れ話を持ちだしたとき、おまちさんは泣き喚《わめ》いてたいへんだったそうです。それで、説き伏せをあっしに」

「説き伏せだと？」

登一は呆《あき》れたように壮吉の顔を見た。おおよそ、そんなことが出来る壮吉ではない。

「あっしには無理だと言ったんですが、おまえさんのような男が頭を下げてくれたほうがおまちの心に響くからと」

「それで、引き受けたのか」

「はい」

「それより、なぜ、おめえなんだ。そんなことを頼まれるほど、音次郎さんとは親しいつきあいをしていたのか」

「同い年のせいか、気が合って……」

壮吉は俯《うつむ》いて言う。

「で、おまちさんはどうだったんだ？　聞き分けてくれたのか」

「ええ。泣いてすっきりしたんでしょう。どうしようもありませんから」

壮吉の表情は暗い。それに、なぜ俺の目を見てしっかり話さないのだ。登一は、やはり壮吉への疑念が完全に晴れたとは思えなかった。

四

数日後、強風が砂塵《さじん》を巻き上げ、道行くひとは立ち止まって目を押さえた。昼下がりだが、砂埃《すなぼこり》が舞うと、辺りは夕方のように薄暗くなる。

剣一郎は風烈廻り与力として、同心の礒島源太郎《いそじまげんたろう》と大信田新吾《おおしだしんご》を伴い町廻りに出ていた。失火や不穏な人間の動きを察知して付け火などを防ぐための見廻りだが、神田佐久間町《さくまちょう》の横丁に入ったとき、貸家と歪《ゆが》んだ字で書かれた木札が風に舞っている家の前で、大信田新吾がふいに立ち止まった。

「どうした、新吾」

源太郎が声をかける。

「この家、貸家ですよね」

「そうだ。軒下《のきした》に札がある」

「何かあったのか」

剣一郎が引き返してきいた。

「ひとが見えたんです」

新吾はそう言い、連子窓《れんじまど》に近寄って隙間《すきま》から中を覗いた。

「あっ」

新吾が叫んだ。

「何かあったか」

源太郎が代わって覗く。

「あれは……」

異変を察し、剣一郎も連子窓に近付いた。中を見て、人間がぶら下がっているのを見つけた。

新吾に戸を開けるように言う。戸はあっさり開いた。梁《はり》に帯を巻いて、男が首を吊《つ》っていた。すでに、男は絶命していた。そばに踏み台が倒れている。

剣一郎は小者に自身番への連絡を命じ、辺りを調べた。部屋には家財道具は何もない。閑散《かんさん》としており、何も落ちていない。

「男を下ろしてやれ。帯はそのままだ」

剣一郎は注意を与える。

亡骸《なきがら》を板敷きの間に横たえた。死体は硬直しており、死後半日以上経っていると思われた。

後頭部に殴られたような跡があった。気絶したあとで、首つりに見せかけ殺害したようだ。

三十過ぎだ。剣一郎は男の顔をよく見て、おやっと思った。先日同行を求めてきた男に似ている。目を閉じているので、印象は違うが、同じ男だと思った。あとをつけられていると言っていた。が、その形跡はなく、逆に前を行く男のあとをつけようとしているようだった。

つけていた相手は、三十過ぎのにやけた感じの男だった。

南町定町廻り同心の堀井伊之助《ほりいいのすけ》が岡っ引きの忠治《ちゆうじ》とともに駆けつけてきた。四十近い熟練の同心で、眠っているように目は細く、眼光は鋭《するど》い。

「男は首を吊っていた。だが、自殺ではない。後頭部に殴られた跡があった」

剣一郎は説明する。

伊之助と忠治はホトケを検《あらた》めた。

「殺されたのはきのうの夜ですね。別な場所で殺し、ここまで運んだんでしょうか」

伊之助が立ち上がって言う。

「ここに家財道具は何もない。寝泊まりはしていないだろう。やはり、どこかから運ばれてきたのだ」

あと数日、発見が遅ければ、死体の腐敗が進み、勝手に貸家に入り込んで首を括《くく》ったと見なされたかもしれない。

そういう意味では、新吾の手柄と言えた。

「新吾、よく、気づいた」

剣一郎が褒めると、

「貸家の木札が軒《のき》に当たって大きな音を立てたので、顔を向けたんです。それで、偶然見つけただけです」

と、新吾は照れたように答えた。

剣一郎たちはあとを伊之助に任せて、貸家を出た。

風は相変わらず、強かった。

その夜遅く、八丁堀の屋敷に帰ると、弥之助が来ていて、るいの部屋で過ごしていた。

着替え終えたとき、弥之助が挨拶にきた。剣一郎の帰りを待っていたらしい。

「青柳さま。お帰りなさいませ」

低頭してから、弥之助は待ちきれないように、

「きょう組頭さまから御番入りの内示をいただきました。友の光石保二郎《みついしやすじろう》も御番入りが叶うとのこと、みな青柳さまのおかげにございます」

「なに、そなたの活躍があってのこと。甲府での働き、及川さまも褒めてくださった」

弥之助は甲府勤番を命じられたが、実際はある密命を帯びていた。その使命を見事に果たしたことから、手柄が認められ、江戸に戻ることが出来たのだ。

「弥之助。るいを頼んだぞ」

剣一郎は安心して任せられると思いながら言う。

「はい。生涯、お守りいたします」

弥之助は力強く答えた。

「うむ」

満足して頷いたとき、ふと左門の依頼を思いだした。

「弥之助。ちょっと頼みがある」

剣一郎は小声になった。

「なんでございましょうか」

「じつは橋尾左門がるいに祝いの簪を贈りたいという。るいの好みの図柄の簪を作りたい。もちろん、るいには内証でだ。そこで、るいの好みを考えてみたが、おおよそのことしかわからぬ」

剣一郎は説明したあとで、

「るいの好みを考えるのもいいが、そなたから見て、るいにはこういう図柄がいいというものを考えてはくれぬか」

「わかりました。るいどのに似合うものを考えてみます」

弥之助は笑みを湛《たた》えて、

「るいどのに似合うものを考えるなんて、楽しゅうございます。喜んでやらせていただきます」

思いの外《ほか》、弥之助は乗り気だった。

「そうだ。浜町堀沿いの橘町一丁目にある『彫一』に頼むことになっている」

「『彫一』ですね。明日にでも、『彫一』に行って、どんなものでも彫れるのかきいてみます」

「そなたが、そこまで熱心になってくれようとは思わなかった」

「これで、るいどののことをずっと想っていられますから」

剣一郎は思わず微笑んでいた。

「ぬけぬけと、のろけか」

「それでは、これにて失礼させていただきます」

「うむ。気をつけてな。今のこと、くれぐれも、気付かれぬように」

「畏まりました」

弥之助が部屋を出て行く。

「父上、失礼します」

しばらくして、るいが部屋にやって来た。

「弥之助さまとずいぶんお話が弾《はず》んでいらっしゃったようですね。いったい、どんなお話をしていらっしゃったのですか」

「いろいろだ。るいのどんなところに惚《ほ》れたのかなどだ」

「まあ」

「弥之助はぬけぬけとのろけておった」

剣一郎は取り繕《つくろ》ってから、

「弥之助は御番入りがなりそうだ。まずはめでたしだ」

「はい。江戸に戻って来られただけでもうれしいのに、御番入りがなると聞いて、夢のようでございます」

「弥之助はそれだけの器量のある男ということだ。剣之助といい、弥之助といい、わしは素晴らしい伜を持って仕合わせものだ」

「父上。ありがとうございます。きっと父上がいらっしゃらなければこのようにすべてがうまくいかなかったと思います。るいも父上の子でとても仕合わせで……」

「よせ。それ以上言うな」

目頭が熱くなってきて、剣一郎はあわてて制した。

「はい。では、お休みなさいませ」

るいが去って、剣一郎は濡縁《ぬれえん》に出た。

丸い月が滲《にじ》んで見えた。

翌朝、剣一郎は奉行所に出仕すると、堀井伊之助を呼んだ。

伊之助は与力部屋までやってきた。

「ごくろう。昨日の件、その後、何かわかったか」

「はい。まず、ホトケは上野《うえの》新黒門町《しんくろもんちょう》の斎太郎店《さいたろうだな》に住む与謝吉《よさきち》という男だとわかりました。煙草売りをしていたそうです。たまたま、与謝吉から刻みを買った木戸番の男がいて、わかりました」

「煙草売りか」

先日、声をかけられたときは煙草の荷を背負っていなかった。やはり、あとをつけられていたというより、にやけた感じの男のあとをつけていたのではないか。あのあと、両国広小路のほうに向かったが、途中で引き返しているのだ。もう一度、あとをつけなおそうとしていたのかもしれない。

「じつは、与謝吉とは数日前に会っている」

剣一郎はそのときの様子を話した。

「三十二、三歳で、細身の小粋な感じの男ですね」

伊之助は頭に刻むように繰り返した。

「果たして、その男をつけていたのかどうかわからない。だが、いちおう頭に入れておいてもらいたい」

「畏まりました」

「次を聞こう」

剣一郎は促す。

「はっ。一昨日《おととい》の夜五つ半（午後九時）ごろ、事件のあった貸家の隣に住む荒物屋の夫婦が貸家の戸が開いたような音を聞いたそうです」

「五つ半か」

「その後は聞いていませんので、おそらく下手人が出て行ったときの音かもしれません」

「なるほど。すると、五つ（午後八時）ごろに入り込んだか」

「はい。その時分、向かいの家のかみさんが、貸家の前でふたりの男が酔っぱらいを介抱しているのを見ていたということです。ふたりの顔は暗くてわからなかったようですが、ひとりは大きな体の男だったそうです」

「与謝吉をぶらさげるには大きくて力のある人間が必要だ。どうやら、そのふたりがぐったりした与謝吉を貸家に連れ込んで、首つりに見せかけたようだな」

「はい。今、そのふたりを見た人間を捜しています」

「うむ。ところで、与謝吉は誰かと揉め事を起こしていたのか」

「いえ。大家の話では訪ねてくる者もいなかったそうです」

「いつから、その長屋に？」

「三カ月前からです」

「請人はいるのか」

「下谷広小路にある口入れ屋の世話だそうです。三カ月前に上州《じょうしゅう》から出てきたとのことです」

「上州から？」

剣一郎は首をかしげた。

「何か」

「百姓とは思えぬ、鋭い目付きをしていた。堅気には見えなかった」

「上州だとすると、博徒《ばくと》だったとも考えられます。不始末をしでかして江戸に逃げてきたものの追手に見つかったのでは？」

「十分ありえそうだが、その前に、ほんとうに上州の人間かどうか。本人が嘘《うそ》をついているのかもしれない」

「わかりました。その点も調べてみます」

伊之助は下がった。

入れ代わるように見習い与力がやってきて、

「宇野《うの》さまがお呼びでございます」

と、伝えた。

「わかった。すぐ、参るとお伝えしてくれ」

「はっ」

見習いが去ってから、剣一郎は立ち上がった。

宇野清左衛門《せいざえもん》は南町奉行所の年番方与力である。年番方は奉行所内の最高位の掛かりであり、金銭の管理、人事など奉行所全般を統括する。

剣一郎が年番方の部屋に行くと、宇野清左衛門はいつものように厳めしい顔で待っていた。別に不機嫌なわけではなく、もともとこのような顔つきなのだ。

「それへ」

清左衛門はその場に座るように言う。大事な話の場合は別間に誘うので、どうやらそうではないらしい。

「るいどのの縁談はうまくいっているのか」

「はい。高岡弥之助は御番入りが決まったそうにございます。正式にお役に就き、落ち着いた頃に結納をかわしたいと思っております」

「そうか。いよいよだな」

清左衛門は目を細めた。

「しかし、るいどのが嫁に行ったら寂《さび》しくなるな」

「はい。なれど、弥之助という素晴らしい息子が出来たと思えば、寂しさも吹き飛びます」

「そういうものか」

子のいない清左衛門はるいを娘のように思ってくれていたので、かえって清左衛門のほうが寂しそうだった。

「宇野さま。何か私に？」

剣一郎は話を促《うなが》した。

「うむ。じつはたいしたことではないんだが……」

清左衛門は困惑したような表情で、

「米沢町にある鼻緒問屋『能代屋』の音右衛門《おとえもん》から頼まれてな」

と、切り出した。

『能代屋』は奉行所に付け届けをしており、清左衛門とも懇意にしている。

「『能代屋』は長男の音太郎が継ぐことになっていて、その件では問題ない。相談は次男の音次郎のことだ」

「何かございましたか」

「音次郎は、今度、神田須田町にある足袋問屋の『山形屋』に婿入りすることになったそうだ。それだけなら、めでたい話だ」

「足袋問屋の『山形屋』といえば、確か一年前に婿が病死したそうですね」

「そうだ。日本橋本町《にほんばしほんちょう》の紙問屋『美濃屋《みのや》』の三男豊三郎《とよさぶろう》が婿に入って半年後に病死した」

「確か、植村京之進《うえむらきょうのしん》が調べたのですね」

剣一郎は思いだして言う。

「そうだ」

「では、なぜ、能代屋が相談を？」

「承知のように、『山形屋』の娘おのぶはすこぶる美人だそうだ。後家になってからますます妖艶《ようえん》さを増したという評判らしい。その美貌に、音次郎は惑わされたと、能代屋は嘆《なげ》いている」

「何か、問題が？」

「能代屋は持参金目当てではないかという疑いが拭《ぬぐ》えないそうだ」

「持参金？」

「そうだ。最初はおのぶのほうから持参金を千両欲しいと言ってきたそうだ」

「千両？」

富商の娘の嫁入り、あるいは伜の婿入りで、婚家に入る場合、持参金を付ける習わしになっていた。もし、離縁する場合はこの金をすべて返さなければならない。

「あまりの額に反発し、半分の五百両になったそうだ」

「それでも五百両ですか」

「もちろん、お互いが好き合っていっしょになるなら五百両は惜しくない。だが、能代屋はそのことを危惧《きぐ》している」

「………」

「おのぶは新たな婿を選ぶのに何人もの富商の伜と見合いをしていた。その中で、もっとも高い持参金の伜を選んだようだ」

「持参金目当てで音次郎を婿に選んだと疑っているんですか」

「そうだ。『山形屋』は商売がうまくいっていないようだ。ほうぼうに借金がある。そのことを言っても、音次郎はおのぶに逆上《のぼ》せ上がっていて聞く耳を持たないそうだ」

「なるほど」

「そこで、能代屋の頼みは、『山形屋』の内実を探ってもらいたいとのこと」

「しかし、持参金で借金を返済したとしても、それで『山形屋』の商売がうまくいくなら問題はないのでは？」

「そうなのだが、能代屋はおのぶに男がいるのではないかとも疑っているのだ。もし、そうなら、音次郎はとんだ貧乏籤《くじ》を引くことになる。それを心配しているのだ」

清左衛門は憂鬱《ゆううつ》そうな顔で、

「青柳どの。『山形屋』をひそかに調べてはもらえぬか。おのぶに男がいるか、心底、音次郎と末永《すえなが》く生きていくつもりなのか」

「わかりました。調べてみましょう」

「すまぬ」

「まず能代屋に会って、改めて危惧していることを聞いてみます」

剣一郎は清左衛門の前を辞去した。

半刻後、剣一郎は米沢町にある鼻緒問屋『能代屋』の客間で、主人の音右衛門と会っていた。今は、商売のほとんどを長男の音太郎に任せているらしい。

「青柳さまに御足労いただくなんてもったいのうございます」

白髪《しらが》混じりの顔に屈託を浮かべて、音右衛門は口を開いた。

「宇野さまからあらかたのことを聞いたが、もう一度、音右衛門どのからお話を聞いておこうと思ってな」

「はい」

「まず、音次郎どのと『山形屋』のおのぶとの出会いはどのようなものだったのだ」

「『山形屋』に足袋を買いに行って、店番をしていたおのぶの美貌の虜《とりこ》になってしまったんです」

「『山形屋』に足袋を買いに行ったのは？」

「噂を聞いたのでしょう。なにしろ、美しい後家がいるというので評判でしたから」

「なるほど。そこから足繁《しげ》く通うようになったのだな」

「ええ。やさしい言葉をかけられ、音次郎は虜のようでした。前の亭主の一周忌が過ぎて、おのぶが新たに婿を探していると知り、音次郎はその気になってしまったのです。最初は、二度目ということや、うちの店と比べ小さいことから反対したのですが、音次郎はすっかり逆上せ上がっていました。だから、私も渋々ながら認めたのです。ところが、持参金の額を聞いてびっくりしました」

音右衛門は大仰に首を横に振り、

「おのぶの母親が、一千両だと言うんです。いくらなんでも、そんなに出せません。そしたら、八百両に下がり、最後は五百両ということになりました」

「持参金の交渉は母親と？」

「はい。父親はおとなしい人間で、母親がいっさいを取り仕切っています。その父親も養子だそうです」

「なるほど、女系か」

「ええ。そのことも不安になりました。なにより、おのぶの美貌です。男がいくらでも寄ってくるでしょう」

「おのぶの男関係は派手なのか」

「そう疑っています。うまくやっているのでしょう」

「しかし、今までの話からではとくに危惧するようなことはないように思えるが、何か強い根拠が？」

「ええ」

音右衛門は少し迷っていたが、

「先日、紙問屋『美濃屋』のご主人が私を訪ねてきました」

「『美濃屋』というと、確か最初におのぶの婿になった？」

「そうです。三男の豊三郎さんが婿に入り、半年後に亡くなりました。その父親がわざわざ訪ねてきたのです」

「……………」

「美濃屋さんが、開口一番、こう言いました。おのぶ母娘《おやこ》には気をつけたほうがいいと」

「おのぶ母娘か」

「はい。豊三郎さんの場合も持参金目当てだと美濃屋さんは言い切りました。そして、豊三郎は病死ではない、殺されたのだと」

「殺された？」

「はい。奉行所は病死と決めつけたけど、豊三郎は病気など抱えていなかったと言うのです」

「しかし……」

異を唱えようとすると、

「毒を盛られたと言うのです。もっと、その気になって調べたら、砒素《ひそ》が見つかったはずだと訴えました」

と、音右衛門は強い口調で言った。

美濃屋の言うことが、どこまで正しいかわからない。自分の息子の妻だった女が新たな婿を取ることに納得出来ずにいいがかりをつけているのかもしれない。

美濃屋に会ってみるしかないと、剣一郎は思った。

五

その日、弥之助は元鳥越町《もととりごえちょう》にある一刀流《いっとう》の仁村十右衛門《にむらじゅうえもん》道場で、師範代の本多三五郎《ほんださんごろう》と稽古《けいこ》をした。

甲府勤番で出向いていた甲府で、弥之助は足を狙《ねら》ってくる不思議な剣法に苦しめられた。これまで、型《かた》を中心に稽古を積み重ねて、型を身につければ、どんな相手の攻撃にも対処出来ると思っていた。

事実、それは正解だった。だが、それでも、想定外の攻撃には苦戦した。型を守ることが逆に災いした。

三五郎は弥之助にこう言った。

「型を習得した今、今度は型を破るのだ」

型を破る。それが、どういうものか。足を狙ってくる不思議な剣法との対戦に手掛かりがありそうでいて、まだそれが掴めずにいた。

三五郎はときたま、足への攻撃を仕掛けてきた。そのたびに、弥之助は体勢を崩した。型を習得した弥之助は型に縛《しば》られていたのだ。

「よし、ここまで」

三五郎が声を発した。

お互い一礼をして、弥之助は道場の端に戻る。

「ずいぶん、殺気だっていたな」

先に稽古を終えていた保二郎が目を丸くした。

「そうか」

「師範代も本気を出していた」

「型を破れと言われている」

稽古着を脱ぎながら、弥之助は言う。

「型を破れだと。今まで、型に忠実にということでやってきたではないか」

「そうだ」

「どういうことなのだ？」

「俺なりにわかったことは、新しい剣法に対処するためではないか」

「新しい剣法？」

「うむ。型を習得すれば、どんな攻撃にも体が自然に動き、対処出来る」

「そうだ。俺もそれは実感している。型の稽古ばかりでは退屈だったが、その型の稽古がいかに大事か今ならよくわかる。だが、その型を破れというのがまったく理解出来ぬ」

「じつは、甲府で対峙《たいじ》した敵から思いもしない攻撃を受けた。足を狙われたのだ。この変わった剣法に苦戦した。型だけの反応では対処出来ない。いや、場合によっては型があることが邪魔をしている」

「ばかな。型を捨てろということか。だったら、型を習得したことが何の意味もなさないことになるではないか」

「いや、型を習得した上で型を捨てるのだ。体は型を覚えている。型は誰でも同じだ。だが、ひとによって体格も違う。ある者は腕力が強く、ある者は脚力が優れているだろう。それぞれに合った型を編み出す。そのことを型を破れと言っているのではないか。おい、聞いているのか」

保二郎はあくびをかみ殺した。

「よくわからん。さあ、帰ろう」

三五郎に挨拶をして道場を出た。

「保二郎。ちょっと寄っていこうか」

いつもは保二郎から誘いがかかるのだが、珍しく弥之助から誘った。お互いに小普請組で、非役であったが、ようやくふたりとも御番入りが果たせる。そのことを喜び合いたかった。

「すまぬ」

保二郎が謝った。

「じつは、きょうは早く帰らないとならないのだ」

「そうか。久し振りにゆっくり話したいと思ったんだが……。あっ、ひょっとして」

弥之助は気づいて言う。

「いや。まだ、どうなるかわからん。はっきりしたら、話すよ」

保二郎の縁談だ。

「気にするな。じゃあ、俺はこの際だから用事をすまして行く」

「すまない」

もう一度言い、そそくさと引き上げる保二郎と別れ、弥之助は浜町堀に向かった。

橘町一丁目にある『彫一』はすぐわかった。

弥之助は『彫一』の戸障子を開けて土間に入った。見習いらしい男が応対に出てきた。

「高岡弥之助と申します。青柳剣一郎さまの名代で参りました」

「青柳さまですって」

四十ぐらいの男が立ち上がって上がり框まで出てきた。

「親方でいらっしゃいますか」

「さいです。登一って言います。青柳さまから娘さんの簪の誂えを依頼されました」

「その図案を私が頼まれました。それで、親方と少しお話をしたいと思ったのですが」

「さいですか。その仕事はそこにいる壮吉にやらそうと思っています」

「親方が彫ってくれるのではないのですか」

弥之助は意外に思ってきいた。

「はい。壮吉は腕のいい職人です。本人も、ぜひやらせてくれと言うので」

「そうですか」

「壮吉」

「へい」
二十七、八とおぼしき男が立ち上がってやってきた。
「壮吉でございます」

「高岡弥之助です。もし、よろしければ、お仕事が終わったあと、少しお話がしたいのですが」

「わかりました。暮六つ（午後六時）過ぎになりますが」

「構いません。では、そのころ、またお邪魔します」

弥之助は外に出た。まだ、一刻（二時間）ぐらいある。弥之助は神田明神まで行ってみようと思った。

るいとはじめて出会ったのが神田明神だった。その後、再会したいと思いつつ同じ場所を訪ねても、願いは叶わなかった。もう、縁がないものと思っていたとき、別の用事で訪れた青柳剣一郎の屋敷で運命的な再会を果たしたのだ。

拝殿で手を合わせ、それから『彫一』に着いたときには、暮六つを過ぎていた。

他の職人は引き上げ、親方の登一と壮吉が残っていた。

「申し訳ありません」

弥之助は引き止めた詫《わ》びを言ってから、

「じつは私は青柳さまの娘であるるいどのの許嫁《いいなずけ》です」

「さようでございましたか。これはこれは」

登一が祝いを述べた。

「この壮吉はもはやあっしに並ぶほどの腕を持っております。本人がぜひともやらせてくれと言うので、きっといいものが仕上がりましょう」

登一が自信に満ちて言う。

「頑張らせていただきます」

壮吉が頭を下げた。

「この壮吉ははじめは不器用で、覚えも悪く、ものになるかどうか、正直、危ぶんだものです。でも、おおもとのことを何度も繰り返し、あっしを真似《まね》、いつの間にか、腕を磨《みが》いていました」

「型を守るということですね」

「そうです。こいつは型を守ることだけを何年もいやがらずやってきました。それが、今になって功を奏したようです。こいつのえらいところは、言われたように型通りにやるところでしたが、今はその型を見事に破りました」

「えっ、型を破った？」

弥之助は壮吉を崇《あが》めるように見た。

「とんでもない。あっしにはどういうことかさっぱりわかりません」

「壮吉さん。ぜひ、あなたに簪を作っていただきたい」

この錺り職人から何かが得られるかもしれないと、弥之助は心が躍った。

そのあと、弥之助は壮吉といっしょに『彫二』を出た。

「壮吉さん。もう少し、お話がしたいのですが、おつきあい願えませんか。いえ、用があるなら無理にはお誘いしません」

「急ぎの用ではないのですが、ちょっと行こうと思っていたところが……」

壮吉は呟《つぶや》くように言う。

「そうですか。では、またの機会に」

「もし、よろしければおつきあいいただいても。そうだ、同じ依頼ですから。ぜひ」

「同じ依頼？」

「回向院前にある『さとむら』という料理屋です。そこに行きたいのです。ぜひ、ごいっしょに」

かえって壮吉が熱心に誘う。

同じ依頼ということにも引っ掛かり、弥之助はつきあうことにした。

両国橋を渡り、回向院前に行く。『さとむら』の軒行灯が輝いている。

壮吉は玄関に入り、迎えに出た小肥《こぶと》りの女中に、

「二階をお願いします」

と、頼んだ。

弥之助は腰から刀を外して、女中の案内で二階の小部屋に入った。

部屋に入ってから、

「おまちさんを呼んでいただけますか」

と、壮吉は女中に言う。

おまち……。弥之助は女中を名指しした壮吉を案外な思いで見た。

「はい。ただいま」

小肥りの女中が出て行った。

「壮吉さんはいつもこんなところで呑んでいるのですか」

弥之助はびっくりして言う。

「いえ、事情が」

「事情？」

そのことをきこうとしたとき、廊下から声がした。

「失礼いたします」

障子が開いて、若い女中が酒を持って入ってきた。二十歳ぐらいか。額が広く、素朴な感じの女だ。

「いらっしゃい」

「また、来てしまいました。すみません」

「いえ」

ふたりの前に猪口を差し出し、若い女中は酒を注ぐ。

壮吉は女中を見つめる。

「おまちです」

女中は弥之助に名乗った。

「壮吉さん、どうしたんですか。黙りこくって」

弥之助は不思議に思ってきく。酒も呑んでいない。

「この前もそうでした。何も話をしないんです」

おまちが苦笑して言う。

「へえ。不調法で」

障子に人影が差した。

「おまちさん」

廊下から声がかかる。

「はい。すみません」

おまちが部屋を出て行く。

「すみません。期待を裏切って」

壮吉が頭を下げた。

「いえ、それより、壮吉さんがなぜここにいらっしゃったのかわからないのですが」

「親方には黙っていてもらえますか。もちろん、おまちさんにも」

「わかりました」

「あるお方から、おまちさんに似合う簪を頼まれたんです」

「簪？」

「はい。そのお方はこの前まで、おまちさんとおつきあいをしていたそうです。ところが、今度、別の女のひとと所帯を持つことになったんです。それで、おまちさんに簪を贈りたいといって私のところにきたのです」

「それで、同じ依頼だと言ったのですね。まさに、贈る事情こそ違え、同じですね」

弥之助は合点した。

「でも、どうして、ひとりでおまちさんに会いに来るのですか」

「おまちさんの人柄を表わしている図柄を装飾して欲しいという依頼なんです。どういうものを彫って欲しいというのではなく、本人にふさわしい図柄を考えてくれというのです」

「そうですか」

弥之助はるいにふさわしいものを壮吉の意見を取り入れて考えようとしていた

が、壮吉の言うある方はすべてを任せようとしているのだ。

「あっしは出来ませんとお断りしました。ですが、先方は出来るか出来ないか考えて返事をくれと言うのです。それで、ひと月の余裕をいただきました」

「それで、おまちさんに会いに来ているのですか」

「はい。でも、浮かばないんです。与えられた図柄に工夫を加えるというのは出来るのですが、何もないところに図案が浮かばないんです」

壮吉は苦しそうに言う。

「もちろん、適当に装飾を施すことは出来ます。気に入ってもらえるものを彫る自信はあります。でも、仮に気に入ってもらっても、それは他のひとにも合うものです。そのひとだけのものではありません。あっしは、そのひとだけのものを彫りたいんです。でも、それが思い浮かばないんです」

「そこまで深刻なものなのですか」

「やるからには誰もが出来ないことをやってみたいんです」

壮吉は自分の思いを吐き出した。

そこまで、簪を銹ることに情熱を傾けているとは……。その壮大な志《こころざし》に、弥之助は圧倒された。

「でも、今のあっしには出来そうにもありません。もっと、修業しないとだめなんです」

　そのとき、障子が開いて、おまちが入ってきた。

「すみません。向こうのお客さんが離してくれないんです。今夜はこれで」

「わかりました。こちらも引き上げますから」

　壮吉は言う。

「すみません」

　もう一度、おまちは謝る。

　すると、いきなり障子が開いて、三十ぐらいの頰のこけた男が顔を出した。

「茂太《しげた》さん。すぐ、行きますから」

「いや。おまちを狙っているのはどんな男か、面《つら》を拝みに来たんだ」

　茂太と呼ばれた男はずかずかと入ってきた。かなり、呑んでいるようだ。

「壮吉さん。行きましょう」

　弥之助は立ち上がった。

「やい、俺が挨拶に来たのに無視するのか」

「茂太さん。部屋に戻ってください」

「いいや、こいつらと話をつける」

「おまちさん。あとは頼みます」

そう言い、弥之助は壮吉といっしょに部屋を出た。

酒をちょっと呑んで、四半刻（三十分）いただけなので、たいした額ではなかったが、勘定は壮吉が持ってくれた。

「すみません。ごちそうになります」

外に出て、弥之助は礼を言う。

「とんでもない。ただ、お時間をとらせただけで、かえって申し訳ありませんでした」

壮吉は恐縮する。

「いえ、私にはためになりました。壮吉さん。るいどのの簪、ぜひ、お願いいたします」

「弥之助さまがいっしょに考えてくださるならきっといいものが出来そうです。今のあっしには、ひとりきりでは無理です」

改めて、弥之助は壮吉から得るものがあると感じ、いっしょにるいの簪造りが出来ることに喜びを覚えた。

第二章　呼び出し

一

剣一郎は、日本橋本町の紙問屋『美濃屋』を訪れた。

美濃屋は五十歳ぐらいの品のある男だ。細面《ほそおもて》で鼻が高く、すっきりした顔だちをしている。語り口調は柔らかいが、中味は過激だった。

「青柳さまの前ですが、私は豊三郎は殺されたと思っています」

「しかし、南町で調べて病死となったはずだが」

剣一郎はあえて反論する。

「見過ごしてしまったのです。『山形屋』の連中にまんまといっぱい食わされたのです。まさか、義父母、嫁がみなで口裏を合わせているとは思わなかったのでしょう」

「何か、疑うわけがあったのか」

「婿入りした当座は、豊三郎は仕合わせそうでした。ところがひと月ほどして元気がなくなっていったんです。それに、驚くほどに痩《や》せて、顔色も悪くなってきました」

「…………」

「豊三郎はなかなかわけを言おうとしませんでしたが、やっと口にしたのは思いがけないことでした。女房のおのぶが閨《ねや》を共にしないと言うのです。祝言を終えてから一度も」

「一度も？」

「はい。頭痛がするからと、別間に寝ていたそうです。頭痛が治ったら腹痛、それから目眩《めまい》がするとか、なんだかんだと言い訳をし、豊三郎を遠ざけていたのです。それだけではありません。『山形屋』の内証はひどいものでした。借金がたまっていて、お店も傾いていたそうです。騙されたのかもしれないと、豊三郎は嘆いていました。そのうち、ますますげっそりして……。これはまずいと思い、離縁を勧めました。おのぶの美貌に目が眩《くら》んでいた豊三郎ですが、ついに離縁を腹に決めました。ところが、それからしばらくして、豊三郎は死んだのです」

美濃屋は声を震わせ、

「毒を盛られたんです。毎日、少しずつ。砒素《ひそ》です」

「その証《あかし》はあるのか」

「残念ですが、ありません。豊三郎が痩せていったのは、心労だけではありません。薬を飲まされていたのです。あのとき、奉行所が私の訴えを聞き入れてくれたら真相を摑むことができたんです。それを、『山形屋』の連中の言うことを真《ま》に受けて……」

美濃屋は悔しそうに言う。

「今でも、豊三郎は殺されたと思っているんだな」

剣一郎は確かめる。

「もちろんです。でも、今となってはそれを証すことは無理でしょう。ただ、これ以上の犠牲を出してはいけません。だから、『能代屋』の音次郎さんの話を聞いて、すぐ会いに行って忠告をしたのです」

「能代屋はそなたの言うことを信じたようだな」

「はい。でも、肝心の音次郎さんは聞く耳を持たないそうです」

おのぶに夢中になった音次郎にそのような忠告は意味をなさなかった。

「そなたは、音次郎の件でも持参金目当てだと思っているのか」

剣一郎は鋭くきく。

「そうです。ですから、必ず、音次郎さんの身に何かが起こる。間違いないと思います」

豊三郎の二の舞を演じさせたくないのだと、美濃屋は強調した。

「豊三郎の死に不審を持っているのは他にもいるのか」

「いえ、豊三郎は我慢強い男でした。他の者には泣き言は一切洩らしていません。豊三郎の兄たちにも話していません」

「砒素を飲まされたというのはそなたの思い込みではないのか」

「違います」

美濃屋はむきになって言う。

「豊三郎は病気ひとつせず、元気な子どもでした。『山形屋』に婿入りしてから、急に病気になるなんてあり得ません」

廊下の足音が部屋の前で止まった。

「失礼します」

障子が開き、三十前の男が入ってきた。

「遅くなりました」

「長男の豊太郎《とよたろう》です」

美濃屋が引き合わせる。

「豊太郎です」

丁寧《ていねい》に辞儀をし、豊太郎は美濃屋の隣に座った。

「今、豊三郎のことを聞いていた。そなたも、豊三郎は砒素を飲まされたのではないかと疑っているのか」

「はい。確かな証があるわけではありませんので騒ぎたてることは出来ませんが、私もそう思っています」

「証がないのに、そう思うのはどうしてだ？」

「豊三郎に縁談を持ち込んだ仲人の伝六《でんろく》という男が間違った内情を伝えたことを認めました」

「間違った内情というと？」

伝六は仲人を業として、名の知れた男だ。

「『山形屋』は商売が順調で、貯えもあり、ふた親も堅実な人間だということでした。でも、実際は違っていました。父親はおとなしい人間でしたが、母娘で芝居好き、富裕な商家の内儀たちの仲間に入っての香道や琴《こと》などの道楽。貯えどころか借金がありました。見合いをして、おのぶは豊三郎を気に入って結婚を決めたということでしたが、伝六は他にも何人も相手を見つけ、おのぶと見合いをさせていたのです。その中で、一番持参金が多い豊三郎を選んだということを打ち明けました」

豊太郎は憤慨《ふんがい》して、

「豊三郎が痩せてきて、私は離縁の話をしに、父といっしょに『山形屋』に行きました。そのとき、貯えがないことは仲人に話してある。商《あきな》いが順調などというのは、仲人の伝六が勝手に話したことだと言い繕いました」

「あの連中は最初から持参金目当てで豊三郎を婿に選んだのです」

美濃屋がため息をつき、

「もっと早く手を打っておけば、豊三郎を死なせずに済んだのです。そう思うと、悔やんでも悔やみきれません」

「青柳さま」

豊太郎が身を乗り出し、

「今度の縁談も、仲人は伝六だそうです。このままでは、音次郎さんも豊三郎と同じ運命を……」

さすがに最後は言葉を濁《にご》したが、おのぶに対する怒りは半端ではなかった。

「わかった。十分に調べてみよう」

剣一郎は立ち上がった。


本町から人形町《にんぎょうちょう》通りを入って長谷川町《はせがわちょう》にやってきた。町外れにある一軒家が伝六の家だ。小体ながら洒落《しゃれ》た家だ。

伝六は仲人を商売にしている。年頃の男と女を結びつけて礼金をとっている。富裕な家同士の縁組をうまく成り立たせれば、かなりの礼金が入るのだろう。

もともと、小間物の荷を背負い、江戸中を歩き回っていろいろな商家に顔を出していたので、顔は広い。

剣一郎は格子戸を開けて、奥に呼びかけた。

「ごめん」

すぐに、若い女が出てきた。

「伝六はいるか」

「誰でえ」

声が聞こえたのか、羽織《はおり》の紐《ひも》を締めながら、ずんぐりむっくりの男が出てきた。四十ぐらいだ。

「あっ、青柳さまで」

伝六は急に愛想のいい顔になった。

「久し振りだ」

「へい。ご無沙汰しております」

伝六とは聞き込みで過去に何度か会った。

「出かけるのか」

「いえ、少しぐらいなら。どうぞ、お上がりを」

「いや。長くはかからぬ」

「そうですか」

伝六は腰を下ろした。

「『山形屋』のおのぶと『能代屋』の音次郎の縁組をまとめたのはそなたか」

剣一郎は切り出した。

「はい。さようで」

「『山形屋』のおのぶといえば、一年前に亭主を亡くしている。『美濃屋』の豊三郎であったな」

「そうです。ですから、おのぶは二度目の婿取りになります」

「豊三郎とおのぶもそなたが仲人をしたのだな」

「はい」

伝六の表情が曇《くも》った。

「今、美濃屋に会ってきた。美濃屋は、豊三郎が毒を盛られたと思い込んでいる。そのことは知っているな」

「はい。美濃屋さんが騒いでおりました。ですが、そのようなことはあり得ません」

「なぜ、そう言えるのだ？」

「おのぶさんが自分の亭主を殺すはずないではありませんか」

「おのぶは豊三郎が好きでいっしょになったわけではない。見合いした相手の中で、持参金が一番多かったからだろう」

「いえ、そうではありません」

「しかと言えるか」

「はい」

「美濃屋に話した『山形屋』の内証はほとんど偽《いつわ》りだったそうだな」

「あれは私も騙されました」

「騙された？」

「はい。『山形屋』に行き、様子をみました。内儀さんやおのぶさんは芝居茶屋を使って芝居を観てました。かなり、余裕がある暮らしだと思いました。まさか、借金まみれだったとは想像もしませんでした」

「『山形屋』がそなたを騙したと言うのか」

「そうなります」

「そなたのような男を騙すとは、『山形屋』もたいしたものだ。派手に遊んでいるのを見て、何も感じなかったのか」

「はい。今から思えば迂闊《うかつ》だったと思います。私もすっかり信じ込んでいましたので」

「豊三郎は、祝言のあと、おのぶともうまくいかなくなり、心労が嵩《かさ》んでいったようだな」

「だから病気に……。それを美濃屋さんは毒を盛られたと思い込んでしまったのですね」

　伝六は勝手に決めつける。

「美濃屋は離縁を切り出したそうだ。聞いているか」

「いえ」

「離縁すれば、持参金は返さねばならぬな。持参金はいくらだったのか」

「五百両です」

一拍の間を置いて、伝六は答える。

「もし、豊三郎が生きていたら、離縁になっていただろう。その場合、『山形屋』の者たちはどうしたろうか」

「さあ。でも、どんな定めか、豊三郎さんは病気になってしまいました」

伝六は微《かす》かに唇を歪《ゆが》めた。

「『山形屋』にとって都合よくいったとは思えぬか」

「そうかもしれませんね。でも、豊三郎さんは以前から病気がちだったそうですから」

「誰がそう言っていたのだ?」

「誰って、『山形屋』のみなさんが……」

「豊三郎は病気ひとつしない子どもだったと、美濃屋は言っていた」

「…………」

「まあ、いい。そなたは『山形屋』の者の言い分をすべて信じているようだな」

「すっかり信用していました」

「そなたは、『山形屋』に騙されたと知って、抗議をしたのか」

「もちろんです」

「『山形屋』のほうは何と言っているのだ？」

「申し訳ないと平謝りでした」

「やはり、最初から持参金目当てだったのか」

「違います。持参金で借金を返済し、豊三郎さんの力でお店を盛り返そうとしていたようです。でも、肝心の豊三郎さんが病気がちで……」

「しかし、婿に入ったあとも、母娘で芝居や香道や琴などの道楽三昧《ざんまい》」

「それでも以前のように派手には遊ばなくなったようですが……」

「ずいぶん、『山形屋』に肩入れをしているようだが、何かあるのか」

「滅相もない」

伝六はあわてて言う。

「なぜ、一度騙された相手なのに、また仲人を引き受けたのだ。そなたの信用に傷をつけられたわけではないか」

「じつは『山形屋』から頼まれたのではなく、音次郎さんから頼まれたんです」

「音次郎から？」

「はい。おのぶさんの美貌を噂にきいた音次郎さんは『山形屋』に足袋を買いに行った際、店番をしていたおのぶさんを見初《みそ》め、私に相談をしてきた。それで、私が『山形屋』に話を持っていったのです」

「能代屋はそのようなことを言ってなかったが」

剣一郎は当惑ぎみに言う。

「よけいなことだと思っていたのでしょう。私が話し合いに出向くと、『山形屋』のほうも、今度こそ本気でやり直したいと言うので話を進めたのです。音次郎さんのほうには、『山形屋』の内情をつぶさに話してあります」

「まだ、借金がありそうだな」

「たいした額ではないということです」

「確かめてはいないのか」

「山形屋が、たいしたことはないと言っていますので」

「そなたは、『美濃屋』の豊三郎のことを音次郎たちに話したか」

「いえ」

「なぜだ？」

「言う必要がないものと思っておりました」

「言えば、話がまとまらなくなるとでも思ったか」

「青柳さま。いくら、青柳さまでもあまりなお言葉でございますな」

伝六は顔色を変えた。

「あまりな言葉？　そなたは『美濃屋』の豊三郎の件では何も責任も感じていないのか」

「そうは申しておりませぬ」

「責任を感じていると言うのか」

「責任と申しましても、『山形屋』に騙されて、誤った内情を告げたことには申し訳ないと思っておりますが、豊三郎さんが病死したことは私とはまったく関わりありません」

「『山形屋』のほうは、借金のことは仲人に話した。仲人の伝六が美濃屋に嘘を告げたのだと話していたそうだ。そなたは、礼金をもらいたいがため、両方の家にうまいことを言って縁談をまとめさせたのではないか」

「違います。私はおのぶのほうに騙されたんだ」

伝六は強い口調になった。

「そなたは、おのぶが嘘をついていると言うのだな」

「そうです」

「おかしいな」

「何がでございますか」

「そなたとおのぶはお互いが嘘をついたと言い合っている。それなのにおのぶは、どうしてまたそなたに縁談の仲立ちを頼んだのだ？」

「私が音次郎さんの話を持ち込んだからです」

「しかし、おのぶのほうはそなたを嘘つき呼ばわりしている。とうてい信用しているようには思えぬが」

「音次郎さんの話が気に入ったからでしょう」

「おのぶのほうも乗り気になったのか」

「そうです」

「だとしたら、この縁組をまとめたいがために、今度もそなたを騙して、内情をよく見せようとしているとは思わなかったのか」

「思いません」

「なぜだ？」

「前回、嘘をついたことを悔いて謝ってくれましたから」

「では、そなたは今度は正しく『山形屋』の内情を能代屋に知らせているという自信はあるのだな」

「はい」

「騙されてはいないのだな」

剣一郎は念を押す。

「はい。それほど、仰るなら、どうか青柳さまのほうで『山形屋』の内情を調べてください」

「そのつもりだ」

「……………」

伝六の表情が微かに動いた。

「もし、『山形屋』が借金まみれだと知っていたら、美濃屋は豊三郎の縁談をまとめたか、それとも断ったか」

「豊三郎さんは、おのぶさんをとても気に入っておられました。好きな女子《おなご》のためなら、一肌脱ごうと思うでしょう。今度の音次郎さんも同じです。おのぶさんの色香に首ったけのようです。仮に、借金があっても、豊三郎さんのように、おのぶさんの力になろうと思うのではありませんか」

伝六は薄ら笑いを浮かべ、

「縁談がうまくいくかどうか、最後は当人同士の気持ち次第でございますからね」

と、余裕の口振りで言う。

「『山形屋』はたとえ借金があっても少額で、おのぶ母娘もうそれほど道楽に現《うつつ》を抜かしてはいないのだな」

剣一郎は最後に確かめる。

「もちろんでございます。私はその見極めがついたからこそ、この縁組を成り立たせようとしたのですから」

伝六は自信たっぷりに言う。

「あとで、また『山形屋』に騙されたとは言わぬな」

「もちろんでございます」

「よし。わかった。その言葉を信じよう」

「へい」

づいていた。


「邪魔をした」

剣一郎は格子戸を開けて外に出た。伝六が口許《くちもと》に不敵な笑みを浮かべたのに気

二

その夜、剣一郎は八丁堀の屋敷に、植村京之進を呼んだ。

「呼び立ててすまなかった」

「いえ」

京之進は低頭して言う。

南町定町廻り同心の中でももっとも剣一郎を慕い、敬《うやま》っている男だ。

「神田須田町にある『山形屋』の件で教えてもらいたい」

剣一郎が切り出すと、京之進が不思議そうな顔で、

「『山形屋』に何か」

「米沢町にある鼻緒問屋『能代屋』の音次郎と『山形屋』のおのぶの縁組が成った。そのことで、美濃屋が能代屋に忠告をした」

剣一郎は経緯を話し、

「『美濃屋』の豊三郎が『山形屋』に婿に入った半年後、亡くなっている。このことで、美濃屋は豊三郎が毒殺されたと疑っているのだ」

「そのことでございましたか」

京之進は戸惑ったような顔をした。

「そなたは、豊三郎が亡くなったとき、駆けつけているのだな」

「はい。この目で豊三郎の死体を見ています。明らかに、病死でございました」

「まことか」

「はい。あの日のことは覚えております。夜の五つ（午後八時）に知らせを受け、『山形屋』に駆けつけました。豊三郎はふとんに寝かされていました。顔は土気色で、目は落ち窪《くぼ》んでいましたが、毒物の痕跡を示すものは何もありませんでした」

「病死に間違いなかったのか」

「はい。医者も病死だと言いました」

「確かに検死した与力も病死だと判断したようだな。やはり、豊三郎は病死だったか」

「はい。あのあと、美濃屋から毎日砒素を飲まされていたのではないかという訴えがありましたが、そのようなことはなかったとはっきり伝えました。今になって、またそのような話が出てきたことに驚いています」

「豊三郎は病気などしたことはなかったそうだ。それなのに、『山形屋』に入ってしばらくしてから急に弱っていった。美濃屋は持参金目当てだったと訴えている」

「確かに、そう疑いたくなる気持ちはわかりました」

「わかる?」

「はい。『山形屋』のおのぶの母親およよは気の強い女です。亭主の喜之助《きのすけ》を尻に敷いています。喜之助は番頭だった男で、入り婿です」

「『山形屋』はおとよが切り盛りをしていたというのか」

「そうです。喜之助はおとよの言いなりのようでした。しかも、おとよとおのぶの母娘は派手好きでした。店は豊三郎に任せ、売上が悪ければ、豊三郎のせいにしたそうです。だんだん、豊三郎は追い詰められていったのです。そういった意味で言えば、豊三郎はあの母娘に殺されたと言っていいでしょう」

京之進は厳しい顔で、

「しかし、『山形屋』にとっては、豊三郎は働き手ですから殺したりしないはずです。おそらく、あの母娘は豊三郎ひとりに働かせ、自分たちは遊ぶ。そう目論《もくろ》んでいたと思います」

「しかし、美濃屋は豊三郎を離縁させようとしたそうだ。もし、離縁ともなると、持参金を返さねばならない。それで、毒殺したという考えも出来る」

「そうですね。でも、離縁の話が出るまでは、豊三郎を殺そうとは思っていなかったはずです。ですから、最初から砒素を飲ませていたとは考えられません」

「そうだな。離縁の話が出てから砒素を飲ませたとしても、ひと月で死ぬほどの量を飲ませたら症状に出たであろうな」

「はい」

確かに、そう考えたら、『山形屋』は豊三郎に商売を任せ、飾りだけの主人で生かしておいたほうが得だ。だが、問題は離縁話が出たあとだ。離縁を食い止める秘策があったのか、なければ持参金を返さねばならない。そういう状況のとき、うまい具合に豊三郎が死んだ……。

そのような偶然があるのだろうか。しかし、豊三郎の死体を見た京之進は毒殺ではないと言い切っている。

「ところで、おのぶには男はいなかったのか」

「いなかったと思いますが、よく外出していたようですから、外で会っている人間がいたかもしれません。うまくやっていたらわかりません」

「そうだな」

剣一郎が京之進に『山形屋』をそれとなく調べるように頼んだとき、多恵が顔を出し、堀井伊之助がやってきたことを知らせた。

「通せ」

剣一郎は言う。

「では、私はこれにて」

「いや。京之進も聞いていたほうがいい。どこかでつながりがあるかもしれぬ」

「はっ」

京之進が頷いたとき、堀井伊之助が部屋に入って来た。

「来ていたのか」

伊之助が京之進に声をかける。

「はい。去年、『山形屋』の婿豊三郎が亡くなった件で」

「そうか」

伊之助は京之進の横に腰を下ろし、

「青柳さま。神田佐久間町の貸家で死んでいた与謝吉ですが、どうやら、江戸で誰かを捜していたようです」

「捜していた？」

「上野新黒門町の斎太郎店の住人が、与謝吉が髪結い床で吉左《きちざ》って男を知らないかときいていたのを見ていたそうです。それで、各町の髪結い床を当たってみると、いたるところで与謝吉が吉左という男を捜していました」

「与謝吉は吉左を捜しに上州から江戸に出て来たのか」

「そうだと思います」

「で、吉左はわかったのか」

「いえ、どこの髪結い床でもわからなかったそうです」

「与謝吉は吉左の特徴を言っていなかったのか」

「言っていました。三十二、三歳の気障《きざ》な細身の男だそうです。なぜ、その男を捜しているかは言わなかったそうです」

与謝吉はその男をつけていたのかもしれない。

新シ橋にいた目鼻立ちの整った、どこか軽薄な感じの男を思いだす。やはり、与謝吉はその男をつけていたのかもしれない。

剣一郎はそのことを話し、

「もし、そうだとすると、与謝吉は吉左の特徴を聞いていたが、顔は知らなかったのかもしれないな」

「吉左が下手人と考えられます」

「うむ。三十二、三歳の気障な細身の男。目鼻立ちの整った顔だ。ひょっとすると、役者上がりかもしれぬな」

あのときの印象から、ふと、そう思った。役者と言っても、宮地《みやち》芝居の役者かもしれない。

「わかりました。芝居小屋を当たってみます」

「うむ。頼んだ」

与謝吉の件は密命を受けたわけではないが、行き掛かりで事件に関わり、捨ててはおけなかった。

翌日、出仕して与力部屋に行くと、しばらくして同心の礒島源太郎と大信田新吾がやって来た。

「では、町廻りに出かけてきます」

源太郎が挨拶をした。

「うむ。ごくろう。昼過ぎから風も出てきそうだ。気をつけてな」

剣一郎は声をかける。

「はっ」

ふたりは同時に頭を下げて立ち上がった。

「待て」

剣一郎は呼びかけた。

「先日の首縊《くく》りの件だが」

「その後、いかがなりましたか」

新吾が気になっていたように身を乗り出した。

「まだ、下手人はわからない。死んでいた男の名は与謝吉。三カ月前に上州から江戸に出てきた。吉左という男を捜している」

剣一郎はふたりが見廻りのときに吉左と出会うことを考えて、吉左の特徴をふたりに話した。

「いつどこで出会うとも限らぬゆえ、心がけておいてもらいたい」

「わかりました」

　ふたりが立ち去ってから、剣一郎は宇野清左衛門のところに出向いた。

「宇野さま。よろしいでしょうか」

　剣一郎は文机《ふづくえ》に向かっていた清左衛門に呼びかけた。

　すぐ筆を置き、清左衛門は振り向いた。

「例の件ですが」

　と、剣一郎は切り出す。

「京之進からも詳しく聞きましたが、豊三郎に毒殺を疑わせるものはなかったようです」

　京之進から聞いた話をする。

「そうか。やはり、美濃屋の考え過ぎか」

「ただ、離縁の話が出ており、『山形屋』にとっては豊三郎はうまい具合に死んでくれたことになります。そのことがいささかひっかかりますが、京之進の調べでも殺しの疑いはなかったようです」

「青柳どのはどう思うのか」

「京之進が言うように、『山形屋』は持参金と働き手を得たいために、豊三郎を婿にした。ですが、豊三郎はおのぶたちの腹がわかり、その心労から痩せていった。とはいえ、離縁の話は『山形屋』にとっては予想していなかったことではないでしょうか。『山形屋』は持参金をどうやって返すつもりだったのか。あるいは、離縁は絶対にないという自信があったのか。いずれにしろ、もう少し、調べてみます」

「そうか。祝言が迫っているから急ぐのだ」

「ただ、能代屋が嘆いていたように、仲人の伝六の話でも、音次郎はおのぶに夢中のようです」

「うむ。たとえ、『山形屋』に借金があろうが、おのぶと所帯を持つ気だろうな」

「おのぶという女子に会ったことはないのでわかりませんが、かなりの美貌なのでしょうね」

「そうなのであろう」

清左衛門は暗い顔で、

「能代屋がいくら説き伏せようにも、音次郎は聞く耳を持たないということだな」

「おそらく」

「まあ、最後は当人の問題だ。やむを得ぬか」

「はい。音次郎を翻意《ほんい》させることは難しいかもしれません」

「まあ、どうなるにせよ、『山形屋』の内証だけは調べてもらいたい」

「畏まりました」

　剣一郎は清左衛門の前を辞去した。


　それから半刻（一時間）後、剣一郎は神田須田町にある足袋問屋『山形屋』を訪れた。

　手代らしい若い男が店番をしていた。

　剣一郎の顔を見て、男は畏まった。

「主人か内儀に会いたい」

「はい。ただいま」

　男は奥に引っ込んだ。

　三十半ばぐらいの女が出てきた。ふっくらとした妖艶《ようえん》な顔だちだ。大きな目をわざとらしく見開いて、

「これは青柳さま」

　と、大仰に言う。

「内儀か」

「はい。おとよと申します」

「若いので驚いた」

「いやですよ。青柳さまはお口が上手なんですね」

おとよは如才ない。

「少し、話がしたいのだが」

「まあ、何のご用でしょうか」

「仲人の伝六から聞いていないのか」

「伝六さん？　そう言えば、何か言ってましたね」

おとよはとぼけ、

「どうぞ、こちらへ」

奥に案内した。庭に面した部屋だ。

「萩《はぎ》がきれいだ」

剣一郎は廊下から庭を見る。

「狭い庭でお恥ずかしゅうございますよ」

「狭くはあるまい。手入れが行き届いている。そなたが手入れをしているのか」

「いえ、亭主でございます。さあ、どうぞ」

部屋に入る。

差し向かいになって、おとよが切り出す。

「美濃屋さんがあることないことを言っているみたいですね」

「あることないことと言うと？」

「豊三郎のことでしょう。毒を呑まされたと言い触らしているそうじゃありませんか」

「伝六がそう言っていたか」

「能代屋さんですよ。こういう噂があるが、ほんとうはどうなんだときかれました。ばかばかしくて話になりませんよ」

「しかし、美濃屋にしてみれば、そう思うのもやむを得ないのではないか。店は伝六から聞いた内証とまったく違っていた、おまけに女房のおのぶには相手にされず、店番を任され、あげく痩せ細って死んでしまった。伝六から聞いた話はほとんどでたらめだった。美濃屋がそう疑うのは無理もない」

「私のほうこそ、いい迷惑ですよ」

おとよは鼻の穴を膨《ふく》らませて異を唱える。

「丈夫で働いてくれると思っていたら、半年足らずで呆気《あっけ》なく死んでしまい、あげく毒を盛ったなどとあらぬ疑いをかけられたんですからね」

「しかし、店の内証は美濃屋には嘘を伝えていたのであろう」

「私たちは包み隠さず正直に先方に話してくれと言っていたのに、伝六が勝手に言い換えてしまったんです」

「なぜ、伝六が勝手に言い換えたと思うのだ？」

「礼金を手に入れたいから、なんとしてでもこの縁談をまとめたかったのでしょう」

「伝六は、そなたたちに騙されたと言っていた」

「そんなはずありません」

おとよは堂々と否定する。

「両者の言い分はまったく違っている。それなのに、今度も『能代屋』の音次郎との仲人を頼んでいるな」

「音次郎さんの話は伝六さんが持って来てくれたのです。ですから、前の経緯は水に流して、改めて仲人をお願いしたんです」

「『山形屋』には借金はないそうだが、これも伝六が勝手に能代屋に告げたと思っているのか」

「それしか他に考えられません」

「実際はどうなのだ？」

「借金は少しだけあります」

「能代屋はかなりありそうだと心配しているが？」

「そんなことはありません」

「そうか。では、音次郎を婿に迎え、商売を地道にやっていこうとしているのだな」

「もちろんですよ。青柳さまにご心配いただくようなことはありません」

「ならいいが。豊三郎の件があるので、能代屋も心配なのだ。そのことを十分に弁《わきま》え、能代屋を安心させてやることだ」

「わかりました。でも、青柳さまからも仰ってくださいな。もし、音次郎さんが豊三郎さんと同じようなことになったら、それこそ『山形屋』が真っ先に疑われます。ですから、音次郎さんは『山形屋』にとっても大事なのです」

「確かにそうだ」

剣一郎は余裕の表情のおとよに当惑しながら、

「ところで、おのぶはいるのか」

と、話題を変えた。

「今、出かけております。帰りは遅くなると思います」

「どこに？」

「いやですよ。遊びじゃありません」

「そのようなことは思っておらぬ」

剣一郎は苦笑して言う。

「音次郎さんといっしょですよ。音次郎さんに誘われて、亀戸《かめいど》まで萩を見に」

「龍眼寺《りゅうがんじ》か」

萩寺とも呼ばれ、萩の名所だ。

「わかった。いい縁組になるように祈っている」

剣一郎は立ち上がった。

『山形屋』を出て、おとよがずいぶん落ち着いていることに引っかかった。あの表情を見る限り、持参金狙いの面はあったとしても、音次郎を婿として迎え入れようとしているようだ。

確かに、音次郎に万が一のことがあったら、『山形屋』は不利な立場に追い詰められる。そうわかっていても、剣一郎はどこかすっきりしなかった。およは一筋縄ではいかない女だ。その思いのせいかもしれなかった。

三

壮吉は鏨と小槌で銀の簪に模様を彫っている。背中を丸めている姿からは、独り立ちしたいという野心は窺《うかが》えない。

ただ、壮吉は今のような仕事のやり方が好きではないのかもしれないと、登一は思うのだ。大手の小間物屋からの注文で同じものを作る。そういう仕事に嫌気が差しているのかもしれない。

今は『橋本屋』の主人の注文の大川に浮かぶ屋形船の図柄の簪を彫っているが、あまり精緻《せいち》を究めた装飾は値が張る。したがって、一見精巧そうに見えながら実際は手の込んでいない装飾にならざるを得ない。

その気持ちは理解できる。登一も、かつて、そのことで悩んだものだ。自分の腕に自信が出来たとき、自分独自の品物を作りたいと思うようになった。

だが、現実はそれだけでは食べていけない。やはり、小間物屋や仏具屋からの大量の注文があってこそ暮らしが成り立つ。

青柳剣一郎の娘の簪を作る仕事を壮吉に任せたのも、壮吉の希望を叶えてのことだ。『彫二』で、同じ簪を作る仕事も誂えの仕事もこなせれば、壮吉は独り立ちしたいと思わなくなるだろう。

それより、もうひとつ、気になることがある。『さとむら』の女中おまちのことだ。壮吉は『能代屋』の音次郎から別れ話の説き伏せを頼まれたと言っていたが、登一は疑わしいと思っていた。

およそ、そのようなことは壮吉には不向きだ。

やはり、壮吉はおまちに心を奪われているのではないか。もし、そうなら、なんとかしてやりたい。

自分の娘の婿にして『彫二』を継がせたい。そう思っていたが、娘がそれを嫌い、打物師のところに嫁に行ってしまった。もっとも、壮吉もその気がなかったのだ。

だが、登一は壮吉に『彫二』を継いでもらいたいのだ。不器用でものになるか危ぶまれた壮吉がここまで腕が達者になったことに、登一は喜びを覚えているのだ。来る日も来る日も、ただ道具を握らせ、自分の仕事振りを見せ、初歩のことしかさせなかった。

いい加減、飽きていやになるだろうと思っていたが、壮吉はいやな顔ひとつせずに続けた。そのことが、壮吉にとってはよかったのだ。

急がば回れという言葉があるが、まさに壮吉がそのことを体現していた。そして、そう指導した自分の誇りでもあった。有能な職人を作り上げた、いわば、壮吉は登一の親方としての作品でもあった。

壮吉は自分にとっても、『彫一』にとっても大事な人間だ。

その日、壮吉が引き上げたあと、登一も外出の支度をした。

「壮吉はまた回向院前の料理屋に行っているかもしれない。確かめてくる」

「お気をつけて」

おはるの声を背中に聞いて、登一は土間を出た。

両国橋を渡り、回向院前にやって来た。

料理屋の『さとむら』が見えたとき、玄関から悲鳴が聞こえ、男が飛びだしてきた。

「やめて、茂太さん」

女が裸足で駆け寄り、男にしがみついた。女はおまちだった。

「放せ。おめえを虚仮《こけ》にした音次郎を許せねえ。このままじゃ腹の虫が治まらねえ」

「いけないわ。私はもうなんとも思っていないから」

「冗談じゃねえ。おめえを裏切った男は罰を受けるのだ」

三十ぐらいの頬のこけた男が血相を変えていた。

「やめて」

「音次郎を許さねえ」

「茂太さんがお縄になってしまうわ」

「構わねえ。音次郎と刺し違えてやる」

「お客さん。こんなところで騒がれちゃ困ります」

下足番の男が茂太という男の行く手を遮《さえぎ》った。

店から数人の男が飛びだして来て、茂太を取り押さえた。

「お客さん。これ以上、騒ぐなら町役人に訴えますぜ」

店の半纏《はんてん》を着た男が茂太をなだめる。

「放せ」

茂太が暴れた。

「仕方ない。誰か自身番に」

「待ってください。もうだいじょうぶです」

おまちが半纏の男に訴える。

「茂太さん。もう、へんな真似しないわね」

「おまち。おめえ、悔しくないのか」

「もう、過ぎ去ったことだもの」

「おい、こんなところにいたんじゃ、お客さんの邪魔だ」

「茂太さん、部屋に」

「いい。帰る」

茂太はおまちを突き放した。

「ばかなことはしないわね」

「しねえよ」

茂太はぶらぶら歩きだした。

心配そうに茂太を見送っていたおまちは女中頭らしい女に急かされ、店に戻って行った。登一は茂太のあとをつけた。

竪川《たてかわ》に出たところで、登一は声をかける。

「もし、茂太さん」

茂太は足を止めた。

「なんでえ、あんたは？」

「今の騒ぎを見ていた者です」

「あんたに関わりねえ」

茂太は突慳貪《つっけんどん》に言う。

「じつは音次郎って名が耳に入ったもので。『能代屋』の音次郎のことではありませんか」

「音次郎を知っているのか」

「直《じか》には知りませんが、おまちさんといい仲だったと聞いています」

「そうだ。それなのに、今度別の女と祝言を挙げるらしい。おまちは音次郎が嫁にしてくれるっていう言葉を信じていたんだ。それを……」

茂太は眦《まなじり》をつり上げた。暗がりでも、茂太の顔が醜《みにく》く歪んだのがわかった。

「おまちさんは、もう音次郎のことを何とも思っていないと言っていましたが」

「そんなはずねえ。裏切られたんだ。かなり、傷ついているはずだ。手切れ金をふんだくってやらねえと気がすまねえ」

「壮吉って男を知っていますか」

「知らねえな」

「二十七歳の職人です。音次郎に頼まれて、おまちさんをなぐさめに行っていると言ってました」

「ああ、あのときの男か」

茂太は思いだして言う。

「おまちを名指ししていたが、おまちは何とも言っていなかった。もういいかえ」

「あっ、もし」

「なんでえ」

「音次郎が祝言を挙げるっていつきいたんですかえ」

「きょうだ」

「きょう？　それで、おまちさんに確かめに？」

「そうだ。おまちは泣きながら話したんだ。許せねえ」

また怒りが込み上げてきたようで、茂太はぶつぶつ言いながら二ノ橋《にのはし》のほうに歩いて行った。

登一は引き返した。

両国橋を渡りきってから、ふと思いついて、岩本町の長屋に向かった。

壮吉が住む長屋木戸を入り、壮吉の住まいの前に立ったとき、中から話し声が聞こえてきた。

「すみません」

壮吉の声がする。

「まあ、仕方ない。気にしなくていい」

「祝言はもうすぐですね」

「ああ、いよいよだ。きょうは萩寺に行ってきた」

「そうですかえ。仕合わせそうでよございました」

「うむ。おまちが気になるが、仕方ない。おまえさんが、おまちをもらってくれたら助かるが。どうだえ」

「とんでもない。あっしはまだ嫁さんをもらえるまでになってません。それに、おまちさんに熱心な客がいました」

「ひょっとして、茂太って名ではないか」

「ええ、そんな名でした。知っていたんですかえ」

「おまちから聞いた。同じ長屋の人間らしい」

「じゃあ、そのひとがおまちさんを守ってやるんじゃありませんか」

「どうかな。遊び人だ。あんな男じゃ苦労する」

「そうですか」

「おっとそろそろ帰るとしよう」

登一は腰高障子から素早く離れた。

厠《かわや》のほうから見ると、細身の男がちょうど腰高障子を開けて出てきた。なるほど、金助が言っていたようににやけた感じだ。

男が木戸を出て行ったあと、登一は壮吉の住まいの前に立った。

腰高障子をあけ、

「ごめんよ」

と、土間に入る。

「親方」

壮吉が驚いたような声を出した。

「ちょっと近くまで来たので寄ってみた。今、出て行ったのは誰だえ」

上がり框に腰を下ろし、登一はとぼけてきく。

「先日お話しした『能代屋』の音次郎さんです」

「つきあっていた女を捨てて、どこかに婿入りをするという男だな」

茂太の怒りが乗り移ったように、登一は激しい口調になった。

「…………」

「ところで」

登一は煙草入れを出すと、壮吉が煙草盆を差し出した。

登一は刻みを詰めながら、

「青柳さまのほうはどうだえ」

と、きいた。

「はい。高岡弥之助さまといっしょに図柄を考えることになっています。仕上げまで、少し先ですから」

「そうか」

火を点けて、煙管を口から離し、

「青柳さまの依頼を機に、『彫二』も誂えの品を増やそうと思うのだが、どうだろうな」

「へえ。よろしいんじゃないですかえ」

登一は胸に冷たい風が吹きつけたようになった。壮吉の声がよそよそしく感じられた。もっと喜びを表わしてくれるかと思ったが、思いがけない壮吉の返事だった。

「壮吉。何を考えているんだ？」

「えっ？　何をですかえ」

「やはり、おまえは以前とは違う。何か考えていることがあるのか」

「とんでもない。そんなもの、ありません」

何か言おうとしたが、登一は諦めた。

「ならいい。もう、遅いから引き上げる」

「親方。送って行きます」

「なに、近いんだ。だいじょうぶだ」

「でも」

壮吉はいっしょに土間を出た。

「いい月だ」

木戸を出て、登一は空を見上げた。

「覚えているか」

登一は語りかける。

「おめえが俺のところにはじめてやって来た頃だ。おめえはよく庭に出て、月を眺めていた」

「へえ」

「俺は最初は親が恋しくて泣いているんだとばかり思っていた。だが、しばらくして、気づいた。おめえは不器用で何も出来なかった。そのことが悔しかったんだとな」

「そんなことありましたね」

壮吉は懐かしそうに言う。

「あっしは口減らしに親から追い出されたんです。親を恋しく思ったことは一度もありません。逆でした。不器用なあっしに愛想をつかされ、親元に帰されるんじゃないかって、毎晩不安でした」

「しかし、よくめげずに頑張った。おめえは俺の誇りだ」

「もったいねえ。親方には感謝しています」

だったら、『彫二』から出て行かないでくれと言いかけたが、声がでなかった。

「ここでいいぞ」

浜町堀に出て、登一は立ち止まった。

「へい。では、ここで」

「また、明日、頼んだぜ」

登一は壮吉と別れ、家に帰った。

「壮吉のところに寄ってきた」

着替えながら、おはるに言う。

「やはり、壮吉は女のことで？」

「違うようだ」

「では、なにか他に悩みが？」

「わからねえ。ただ、何か悩みがあるのは間違いない」

「おまえさん、どうだろうね。いっそ、壮吉をうちの養子にして嫁をもらっては」

「嫁か。心当たりはあるのか」

「ほら、源《げん》さんのところのお久《ひさ》ちゃん」

大工の棟梁《とうりよう》の源吉《げんきち》だ。登一とは幼馴染みだ。

「お久はいくつだ？」

「十八だそうよ。きのう、偶然に会ったの。いい娘さんになっていたわ」

「しかし、源吉だってお久に婿をとるつもりじゃないのか」

「弟がいるわ。弟が跡を継ぐはずよ。それとなく、きいてみましょうか」

「そうだな。壮吉を養子にしてお久とか。うむ、いいかもしれぬな。源吉の感触をきいてくれ」

「わかったわ」

いい考えかもしれない。おあきといっしょにさせようとして失敗したが、お久ならいい。登一はようやく明るい兆《きざ》しに心が弾んできた。

四

数日後の夜、八丁堀の屋敷に植村京之進がやって来た。

「『山形屋』の噂をかき集めてみましたが、借金は少しあるようです。三河町《みかわちょう》の金貸しから五十両を借りているそうです。それから、家財道具のいくつかが道具屋に売られ、質入れもしています」

京之進は豊三郎の件で『山形屋』周辺の聞き込みをしており、今回もそのときの聞き込み先から話を聞いたという。

「その金は商売の赤字の埋め合わせか」

剣一郎は確かめる。

「それが、商売の方はそこそこで、赤字の埋め合わせはあまりないようです」

「まさか母娘の道楽？」

「はい。以前から比べるとだいぶおとなしくなったようですが、やはり見栄を張って、贅沢《ぜいたく》をしています」

「そうか」

「ただ、店を食いつぶすような恐れはないようです」

「豊三郎が婿入りしたときの持参金はとうに使い果たしているのだな」

剣一郎は確かめる。

「そのようです。今回、音次郎の持参金で、また借金を返し、暮らし向きを立て直そうとしているようです」

「そうか」

剣一郎は暗い顔になったが、京之進はすぐ続けた。

「音次郎が婿に入った場合、母娘の派手な暮らしには呆《あき》れるかもしれませんが、そこは音次郎がしっかり手綱《たづな》を握っていれば問題はないかもしれません。なにしろ、美貌の女を女房にするのですから、少しぐらいの不満は我慢しなければならないでしょう」

京之進は『山形屋』には好意を持っている様子だ。

「前回の豊三郎は嫁にも相手にされず、だんだん心労を重ねていった。音次郎の場合はその心配はないと言えるか」

「はい。おのぶも母親のおとよも、豊三郎の件があるので世間の目は厳しいとわかっております。もし、同じようなことが起きたら、世間に顔向け出来ないと申しておりました。それに、おのぶは今度こそ音次郎さんと仕合わせになると周囲に話しているそうです」

「うむ」

剣一郎は難しい顔をした。

「何か」

「いや。わしの考えすぎかもしれぬが、やはり豊三郎の死が気になるのだ。おのぶは豊三郎とは別間で寝ていたそうだ。つまり、最初から亭主とみていなかったのだ」

　剣一郎は首をかしげ、

「おのぶは同衾《どうきん》せず、それでも我慢が出来たのだろうか。やはり、男の影を感じずにはいられない。今、男の影はどうだ？」

「あれだけの美貌ですから、まわりの男は放ってはおかないでしょうが……。しかし、今は男の影はありません」

「なら、わしの考えすぎか」

　剣一郎は引き下がった。

　翌日、剣一郎は米沢町にある鼻緒問屋『能代屋』を訪れた。

　客間で、主人の音右衛門と差し向かいになった。

　音右衛門の顔色がいいので、おやっと思った。

「青柳さま。じつは『山形屋』のおとよさんが仲人の伝六といっしょにやって来て、私と音次郎の前で何から何まで正直に話してくれました」

「何から何まで？」

「はい。まず、豊三郎さんのときは店が傾いていたんで持参金目当てで、娘のおのぶを好きでもない豊三郎と所帯を持たせた。ところが、豊三郎は夜の営みに変な性癖があり、おのぶさんの体をいたぶるそうです。それで、怖くなって寝間も別にしたそうです。しかし、今度の縁談は、確かに持参金を当てにしているのは間違いないが、音次郎といっしょに店を立て直したいという思いで、伝六にこの縁談を進めてもらったと言いました」

「借金があることは認めたのか」

「はい。そのわけも、母娘の贅沢な暮らしからだと。でも、今は悔い改めて、地道にやっていこうと心を入れ換えたそうです」

心なしか、音右衛門の声も弾んでいるようだ。

「確かに、今はいろいろ問題はありそうですが、みなうまく決まりをつけることが出来るものばかり。音次郎もすっかりその気になっていますので、このまま祝言を挙げることにしました」

音右衛門の態度が大きく変わっていたことに、剣一郎は驚いた。

「おとよの話は信用出来るのか。誇張しているとは思わなかったのか」

「最初は疑って聞いていましたが、もし、音次郎に何かあったら真っ先に疑われるので、ばかなことを考えるはずないという伝六さんの言い分もそうだと思いました。豊三郎さんは病死だと奉行所でも認めたそうですね」

「そうだ。毒を盛られた形跡はなかったようだ」

剣一郎は京之進の見極めを告げた。

「美濃屋さんから話を聞いたときは驚いてあわてましたが、これですっきりしました。宇野さまにも御迷惑をおかけして、申し訳なく思っております」

「いや、そのほうが納得したのなら、何も言うことはない」

剣一郎もこれ以上詮索する必要はないと思った。

「音次郎は相手が二度目ということにこだわりはないのだな」

「はい。その前に、おのぶさんに一目惚《ぼ》れしてしまいましたので。それに、音次郎も嫁にしたい女がいたのでございますから」

「なに、そういう女がいたのか」

「はい。料理屋の女中でした。私は反対だったので、おのぶさんに目が移ってくれて、かえってよかったと思っています」

「音次郎はその女を捨てたということか」

「いえ、捨てたというほどの大げさなことではありません。どっちみち、その女とはいっしょになれない仲でしたから」

「しかし、捨てたことに間違いない」

剣一郎はため息をついた。

「でも、その女にはそれなりのことをしてあるようです」

「おのぶと音次郎の仲はうまくいっているのだな」

「はい。先日もふたりで萩を見に行きました」

「そうらしいな。で、祝言はいつなのだ？」

「明々後日《しあさって》でございます」

「明々後日？」

「はい。音次郎も先方も出来るだけ早い方がいいというので、急遽《きゅうきょ》、明々後日に」

「なんと、急なことだ」

「向こうは二度目、こっちは次男坊ですので、内輪だけでこぢんまりとすることで話がまとまりました」

「そうか。いずれにしろ、うまくいくよう祈っている」

そう言い、剣一郎は『能代屋』を辞去した。

その夜、剣一郎が屋敷に帰ると、弥之助が来ていた。

「青柳さま。本日、組頭さまより、御徒目付《おかちめつけ》を言い渡されました」

「そうか。御徒目付か。我らとも縁のあるお役だ」

剣一郎は微笑んで言う。

御徒目付は城内の宿直《とのい》、大名登城の際の玄関の取締りなどの他に、探索などにも従事する。若年寄の耳目となって旗本以下の侍を監察する御目付の下に属するために、奉行所に出張り、与力の不正の監視もしたりする。

弥之助がどの分掌を受け持つかわからないが、いつか奉行所に出張ってくることもあり得るのだ。

「その節はお手柔らかに願いたい」

剣一郎は珍しく冗談を言う。

「私は城内の警備のほうを受け持つようですから」

「そうか」

剣一郎は頷いた。

「御番入りとなりましたので、新しい組頭さまに縁組の届けをいたします」

弥之助は弾んだ声で言い、

「御支配さまからは縁組の許しをいただいておりますが、今後のことを考えて、御目付に改めて届けを出すように言われました」

御小普請支配は旗本及川辰右衛門であるが、弥之助は小普請組から御目付配下の御徒目付に配属されるのだ。

武士の縁組は必ず主君の許しを得なければならない。幕臣であれば幕府の許しを得る。高禄《こうろく》の旗本などは老中や若年寄、御家人は組頭か支配の沙汰《さた》を得る。

「そうだの。今後のことを考えたら、そのほうがよいだろう。ところで、簪の件はどうだ?」

剣一郎は話題を変えた。

「はい。『彫一』の壮吉という職人が引き受けてくれることになりました。親方に負けない腕を持っているそうです。壮吉さんもるいどのに似合うものを作りたいと意気込んでおります」

「壮吉か。楽しみだ」

『彫一』で見かけた若い職人を思いだす。

「壮吉さんは、るいどのにお会いして似合う図柄を考えたいと言うので、明日、神田明神で偶然に出会ったようにして、ふたりを引き合わせようと思います」

「神田明神は、そなたとるいの出会いの場所だな」

「はい」

「弥之助。るいのことを頼んだぞ」

剣一郎が改まって言うと、弥之助はあわてて居住まいを正し、

「こちらこそ、お願いいたします」

と、深々と頭を下げた。

弥之助はきっとるいを仕合わせにしてくれるだろう。剣之助が志乃《しの》を守っているように、と剣一郎は安堵《あんど》した。

翌日、弥之助はるいと連れ立ち、神田明神にやってきた。

鳥居をくぐって拝殿に向かうと、杉の木立の陰に、壮吉が佇んでいるのがわかった。

今朝、八丁堀に向かう途中、『彫一』に寄り、壮吉と段取りをつけていた。

「ここであなたと会ってから半年近くなりましょう」

拝殿に向かいながら、弥之助は感慨深く言う。

「夢のようです」

るいが応じる。

「甲府に行くとき、迷いました。あなたを江戸から離していいものかと」

「私はどこへでも参るつもりでした」

甲府で手柄を立てられたのも、剣一郎をはじめ、いろいろなひとの助けがあったからだ。決して自分だけの力ではないのだ。そのことを忘れてはならぬと、父にも言われた。

拝殿の前にふたりで並び、一礼をし、柏手《かしわで》を打った。どうか、我らをお守りくださいと、弥之助は手を合わせる。

るいも長く手を合わせていた。

ようやく、拝殿から離れた。

「るいどの。茶屋に寄りましょう」

「はい」

ふたりは広い境内《けいだい》を突っ切り、水茶屋に向かう。

水茶屋の腰掛けに壮吉が座っていた。

「弥之助さま」

近付くと、壮吉が立ち上がって声をかけた。

「壮吉さんではありませんか」

弥之助はわざとらしく言い、

「るいどの。私の友人の錺り職人の壮吉さんです」

「るいと申します。よろしくお願いいたします」

「壮吉です。こちらこそ」

壮吉はあわてて頭を下げる。

「壮吉さん。ごいっしょしていいですか」

弥之助がきく。

「へい、どうぞ」

「座りましょう」

るいを腰掛けに座らせ、弥之助は壮吉に並んで腰を下ろした。

「甘酒でいいですか」

弥之助はるいに確かめ、やって来た茶汲み女に甘酒を頼んだ。

「なんてきれいなお方なんでえ」

壮吉が弥之助の耳元で感嘆したように囁《ささや》く。

「ありがとう」

「こんなお方の簪を作らせていただけるのは光栄です」

「何のお話ですか」

るいが声をかけた。

「いえ。壮吉さんに妻になる女《ひと》だと話していたところです」

「おめでとうございます」

壮吉は立ち上がってるいに声をかけた。壮吉の目に、るいがどのように映ったか。るいに似合う図柄が壮吉の頭に広がっただろうか。

甘酒が運ばれてきて、るいが湯呑みに口をつける。

弥之助は甘酒を一口すすってから、

「その後、もうひとつの件はどうなりましたか」

と、小声で壮吉にきいた。おまちという女の簪だ。

「あれはなくなりました」

「なくなった？」

「ええ、音次郎さんがあっしの長屋にやって来て、もういいって」

「どうしたのでしょうか」

「そんなことをしたら、かえって思いを残して、婿入り先までやってこられたら困るからと仰っていました」

「そうですか」

女のほうも受け取らないかもしれないと、弥之助は思った。

「それじゃ、あっしはお先に」

壮吉は立ち上がり、弥之助とるいに頭を下げ、銭を置いて先に引き上げた。

「壮吉さんとはどこで知り合ったのですか」

るいがきいた。

弥之助は返答に迷ったが、

「保二郎です。保二郎がよく行く呑み屋で顔を合わせたんです」

と、保二郎を言い訳にした。

「でも、職人さんってすごいわ。小さいころから修業しているんでしょうね。一度、仕事をしているところを見てみたいわ」

「そのうち、見に行きましょう」

「ほんとうですか。ぜひ」

るいは目を輝かせた。

好奇心が旺盛《おうせい》なことをはじめて知った。

るいを八丁堀の屋敷に送り届け、弥之助は引き上げた。

伊勢町《いせちょう》堀《ぼり》から浜町堀に向かう途中、人形町通りから出てきた同心の堀井伊之助と岡っ引きの忠治に出会った。

「これは弥之助さん」

伊之助が声をかけた。

「堀井さま。こちらのほうで何か」

「人捜しで、芝居の関係者にきいてまわってきたんだが、収穫はなかった」

「そうですか。捜しているのは芝居に関わりある人間なんですか」

「青柳さましか顔を見ていないんです。吉左って、三十ぐらいの気障な感じの男なんですが、役者崩れかもしれないので聞き込みをしているんですよ」

忠治が口をはさんだ。

「そうですか」

「じゃあ」

伊之助と忠治と別れ、弥之助は吉左かと呟《つぶや》き、役者崩れという言葉から三蔵《さんぞう》のことを思いだした。

元役者の三蔵は菊屋橋《きくやばし》の近くにある芸人長屋に住んでいる。大道芸人がたくさん住んでいる長屋だ。

役者を辞めたあと、太平記《たいへいき》などの軍記物を語る大道講釈師《だいどうこうしゃくし》をしている。

もともとは大芝居の役者だったが、宮地芝居の役者のことも知っているかもしれない。そう思うと、弥之助は浅草の新堀川《しんぼりがわ》にかかる菊屋橋に足を向けた。

四半刻（三十分）余り後、弥之助は芸人長屋の木戸をくぐった。今にも倒れそうな長屋だ。節季候《せきぞろ》や願人坊主《がんにんぼうず》、蛇遣《へびつか》いなどの大道芸人が棟割《むねわり》長屋に住んでいる。

三蔵の住まいの前に立ったとき、いきなり腰高障子が開いた。

三蔵は驚いたような顔をした。三十半ばの髭面《ひげづら》だ。

「すみません。驚かせてしまって」

「あんたは……」

「その節はお世話になりました。高岡弥之助です」

ある事件絡みで知り合ったのだが、三蔵から有益な話を聞いた。

三蔵は役者をしていたとき、ある演目での芝居を座頭にこっぴどく叱られて、そのことに反発して役者を辞めることになった。

女と心中する男の役をやったとき、三蔵は目を開け、女を見つめたまま刺した。あとで、座頭から、なんだあの芝居はと、叱られた。何度かの逡巡《しゅんじゅん》の末に匕首《あいくち》を女の胸に突き刺す。突き刺すときには顔をそむけ、目を瞑《つむ》るのだと。だが、三蔵は好きな女を殺すのだから、急所を外して苦しませないように、目を開けたまま刺したのだと言い返したのだ。

しかし、役者を辞めたあと、やっと座頭が言っていたことがわかったという。顔をそむけ、目を瞑って突き刺す芝居で観客を唸《うな》らせる自信がなかったのだという。その芝居が出来ていないから、目を開けたまま刺しても、好きな女を殺す悲しみややりきれなさを演じきれなかった。

そして、三蔵はこう言った。

「お侍さんの剣術もそうでしょうが、芝居にも型があるんです。この型を完璧に自分のものにしてからでないと、何をやってもだめだということです。型を完璧に身につけなきゃ、その先はありません」

三蔵の言葉は、その当時、剣術道場で型稽古ばかりやらされて腐《くさ》っていた弥之助の目を開かせてくれたのだ。

「お出掛けのところをすみません。ちょっと、ききたいことがあるんです」

「なんですかえ」

　三蔵は長屋路地に出てきて、木戸に向かう。

　弥之助はいっしょに木戸を出て、

「役者崩れの吉左という男をご存じじゃありませんか」

「吉左？」

　三蔵は足を止めた。

「三十ぐらいの気障な感じの男だそうです。ご存じですか」

「宮地芝居の千鳥花太郎《ちどりはなたろう》一座に千鳥吉左っていう二枚目役者がいたそうだ。その千鳥吉左は二年前に破門になったと聞いたことがある」

「破門ですか」

「女にだらしなく、贔屓筋《ひいきすじ》の旦那のかみさんに手を出したり、女から金を巻き上げたりと、とんでもない男だったそうだ」

「千鳥花太郎一座は今どちらに？」

「さあ。江戸では湯島天神《ゆしまてんじん》の境内で小屋掛けしているが、今は旅に出ているかもしれぬ」

「そうですか」

「吉左がどうかしたんですかえ」

三蔵が不思議そうにきく。

「いえ。なんでもありません」

「じゃあ、あっしはこっちに」

やはり、『夢家《ゆめや》』に行くようだ。いかがわしい女のいる呑み屋だ。保二郎に連れられて何度か行ったことがある。

三蔵をはじめて見かけたのも『夢家』だった。

吉左のことがこんなにあっさりわかるとは思っていなかったので、弥之助はかえって当惑した。

剣一郎に知らせるべきか迷ったが、やはり堀井伊之助か忠治に話すべきだと思った。

岡っ引きの忠治の家を訪ねるために、弥之助は稲荷町の自身番に向かった。

五

ふつか後の朝、剣一郎は出仕してすぐ宇野清左衛門に呼ばれた。

「昨夜、屋敷に能代屋がやって来た。今夜、祝言らしいな」

「はい。ずいぶん早まったようです。なぜ、早めたのか、気になりますが……」

「お互いが早くいっしょになりたいと願っていたそうだ。したがって、だいぶ略式で行なうそうだ」

「そのようですね。で、能代屋は何か」

「いや。お騒がせしたという詫びと、贈り物を持ってきた。ひとつを青柳どのにとのことであった。きょうの昼間、屋敷に届けるように言い置いてきた」

「恐れ入ります」

「まあ、何ごともなく、過ごせればいいことだ」

「そうですね」

剣一郎はなんとなくすっきりしない。

「どうしたな？」

「考えすぎかもしれませんが、能代屋がうまく丸め込まれたような気がしてならないのです」

「確かに、あれほど、『山形屋』を疑っていたからな。しかし、能代屋の疑いは豊三郎が毒を盛られたという美濃屋の忠告からはじまっているのだ。その疑いがないとなれば、能代屋も疑いを引っ込めざるを得まい」

「そのことですが……」

「青柳どのはまだ疑いを抱いているのか」

「豊三郎は確かに心労から痩せ細っていったのでしょうが、もともとは病気などせず、丈夫だったのです。それが、なぜ、死につながる病にかかったのか。そして、離縁の話が出てから急死するなんて……」

はっきりした理由があるわけではなかったので、清左衛門を納得させる説明は、それ以上出来なかった。

「青柳どの。しかし、もう心配はいらぬだろう。もし、何かあったら、『山形屋』に疑いがかかるのだ」

「仰るとおりですが……」

剣一郎はあとの言葉を呑んだ。これ以上、話しても無駄だ。

「青柳どののともあろうものが」

清左衛門が呆れた。

「おそらく、るいどののこともあるので、祝言というものに心が過敏になっているのではないか」

「そうかもしれません」

剣一郎は素直に答えた。

「そろそろ結納であろう」

「はい。大仰にするつもりはなく、ささやかに行なう所存でございます。仲人の労は御徒目付の組頭どのにお願いすることになろうかと思います」

「及川さまではないのか」

「家格が違いすぎるのと、新しい上役にお願いするのが筋だろうということで、そう決めたようです」

「うむ。しかし、いよいよるいどのが嫁いで行くのか」

「はい。なれど、弥之助という男に申し分はなく、安心しております」

「御徒目付だそうだな」

「はい。まだ、どのようなお役目に就くかわかりませんが、奉行所と関わることもあり得ます」

「そうよな」

清左衛門は頷いた。

「では、失礼いたします」

剣一郎は清左衛門の前から辞去した。

その夜、八丁堀の屋敷に京之進がやって来た。

「ここに来る前、須田町の『山形屋』の前を通りました。今夜が祝言のようでした」

「そうらしいな。まあ、わしの思い過ごしであってくれたらいいのだが」

剣一郎はまだ気にしていた。

「青柳さまは、いまだに豊三郎の件にご不審を?」

京之進が不思議そうにきく。

「いや、そなたが亡骸を調べたのだから間違いはないと思うのだが……」

「ただ、それほど、青柳さまが気にされていると、私もだんだん自信がなくなってきました」

京之進が不安そうに言う。

「何か、引っかかることがあるのか」

「たいしたことではないのですが」

京之進が首を傾げ、

「豊三郎の腹部に腫《は》れ物が出来ていました。そのために、臓器の働きが悪くなって衰弱《すいじゃく》していきました。『山形屋』のおのぶやおとよも腹部を痛がっていたと言い、往診の医者も同じように言っています。しかし、死は突然やってきたようです。つい前日まで起きて歩いていたのに、翌日には亡くなっていました。検死をした医者も、こんな状態でよく動き回れたものだと驚いていました」

「そのような不審はあったが、毒死の痕跡はなかったのだな」

「はい、それは間違いありません。それから、往診した医者は、竹安《ちくあん》という医者ですが、あまり評判のいい医者ではありませんでした」

「藪《やぶ》医者か」

「はい。近くには他にいい医者がいるのに、なぜ、竹安に診せていたのか。おとよが言うには、竹安はいつでも往診してくれるから重宝していたのだそうです」

「検死のとき、竹安は立ち会っていたのか」

「はい。実査には奉行所が連れてきた医者が調べましたが、竹安にいろいろ質問をしていました」

いずれにしろ、豊三郎は病死に間違いない。病死に追い込まれたのだとしても、それを証すことは難しい。

いや、病死に追い込むことなど毒を盛る以外に簡単に出来ることではない。

やはり、考えすぎだろうと、剣一郎は自分に言い聞かせた。


ふつか後の夕方、剣一郎は米沢町にある鼻緒問屋『能代屋』に赴《おもむ》いた。

「これは青柳さま」

能代屋が店先に出てきた。

「無事、祝言が終わったようだな」

「おかげさまで。これで、私もほっとしました」

「音次郎とおのぶの様子はどうだ」

「はい。仲むつまじそうです。青柳さまにご心配をおかけしましたが、うまく、やっていけそうです」

能代屋は笑みを湛《たた》えた。

「そうか。それはよかった」

「どうぞ、お寄りください」

「いや。わしのほうにも贈り物をいただいた。その礼を伝えにきただけだ。祝い事だ。ありがたくいただいておく」

「いえ、どういたしまして」

剣一郎は『能代屋』を出てから編笠を被り、神田須田町に向かった。辺りは暗くなっていた。

『山形屋』に近付いたとき、店先におとよと若い女が立っていた。若い女はおのぶだろう。さすが、美しい顔だちだ。十九歳ぐらいだろうが、目が大きく、受け口で、年増のような妖艶さだ。それも毒のような美しさだ。

「青柳さま」

おとよが声を掛けてきた。

「どうかしたのか」

「はい。音次郎さんが、さっき出かけて行ったきり、まだ、帰ってこないんです」

おとよが答える。

「どこへ行ったのだ?」

「おまちさんというひとの使いがきて、出かけました」

「おまち?」

「はい。やって来たのは三十ぐらいの頬のこけた男のひとです。音次郎さんはなんだか表情を曇《くも》らせて出て行きました」

若い女が口をはさんだ。

「おのぶか」

剣一郎は確かめる。

「はい。そうです」

「おまちとは？」

「わかりません。音次郎さんは何も話してくれませんでした」

音次郎に嫁にしたい女がいたという能代屋音右衛門の話を思いだす。料理屋の女中だったそうだ。その女だろうか。

「音次郎は素直に出かけて行ったのか」

「はい。すぐ戻ると言い残して」

「どっちへ行ったのだ？」

「八辻《やつじ》ヶ原《はら》のほうに向かいました」

「どのくらい経つのだ？」

「半刻（一時間）ぐらいです。すぐ帰るといって、半刻もかかるなんて」

「捜せるかどうかわからぬが、行ってみよう」

「お願いします」

ふたりに見送られて、剣一郎は八辻ヶ原に足を向けた。筋違御門《すじかいごもん》のほうに向かったか、それとも柳原通りを両国広小路に向かったか。暗くなった通りに人影はたくさんあるが、音次郎らしき男が戻ってくる気配はなかった。おまちが料理屋の女だとしたら、どこだろうか。薬研堀《やげんぼり》、柳橋……。

剣一郎は再び『能代屋』にやって来た。

大戸が閉まっている。潜り戸が開いていたので、そこから土間に入り、近くにいた手代に声をかけた。

「すまない。至急、旦那を呼んでもらいたい」

「はい。ただいま」

手代が音右衛門を呼びに行った。

待つほどのことなく、音右衛門がやってきた。

「青柳さま。何か」

不安そうにきいた。

「音次郎に女がいたそうだが、名はなんと言う？」

「確か、おまち」

「おまちか」

「おまちがどうかしたのでしょうか」

「さっき、おまちの使いがきて、音次郎が出かけたそうだ」

「おまちの使いですって」

「おまちはどこの料理屋にいるんだ？」

「回向院前の『さとむら』という料理屋だと聞いています」

「わかった」

剣一郎が潜り戸を出ようとしたとき、

「お待ちください。何か気になることがあるのでしょうか」

と、音右衛門が呼び止めた。

「念のためだ」

剣一郎は『能代屋』を飛びだした。

両国広小路を突っ切り、両国橋を渡る。大川に屋根船が浮かんでいる。

橋を渡りきり、回向院前にやってきた。

『さとむら』の玄関に立ち、出て来た女将にきく。

「ここに、おまちという女中はいるか」

「おりますが」

「すまぬ。呼んでもらいたい。ききたいことがある」

「はい」

女将は帳場に向かい、そこにいた半纏を着た若い男に声をかけた。男はすぐ帳場から出てきて、梯子段《はしごだん》を上がって行った。

しばらくして、二十歳くらいの女が下りてきた。おとなしそうな女だ。

「おまち、こっちへおいで」

女将がおまちを呼んだ。

おまちが訝しそうな顔で近付いてきた。

「青柳さまがおききしたいことがあるそうだよ」

「おまちか」

剣一郎は確かめる。

「はい」

「『能代屋』の音次郎を知っているか」

「はい」

おまちは不安そうな顔になった。

「きょう、音次郎に誰かを使って呼び出しをかけたか」

「いえ。そんなことしていません」

「間違いないか」

「はい。もう、私とは関わりありませんから」

おまちはふいに顔を強張《こわば》らせ、

「何かあったのでしょうか」

と、きいた。

「音次郎がおまちの使いと名乗る男から呼び出されたそうだ。呼び出しは嘘だったのか。三十ぐらいの頬のこけた男だ」

「まあ」

おまちは口を半開きにした。

「何か心当たりはあるか」

「いえ」

「茂太って男じゃないのかえ」

女将が口をはさんだ。

「茂太とは？」

「おまちに言い寄っている男です」

「いえ、私を妹のように可愛がってくれているんです」

「三十ぐらいの頬のこけた男って、茂太にそっくりじゃないか」

女将が続ける。

「茂太はどこに住んでいるんだ？」

「北森下町《きたもりしたちょう》です。私と同じ長屋に住んでいます」

「わかった」

剣一郎は『さとむら』を飛びだした。

竪川にかかる二ノ橋を渡り、北森下町の長屋にやってきた。茂太の住まいに行ったが、茂太は留守だった。

剣一郎は両国橋を渡り、再び須田町の『山形屋』に行った。

音次郎はまだ帰っていなかった。五つ半（午後九時）をまわっていた。

第三章　見合い

一

朝陽が新シ橋のそばの川っぷちに横たわっている亡骸を照らしていた。橋の上には野次馬が集まっている。

すでに駆けつけていた京之進が剣一郎の顔を見て、

「音次郎に似ています。おそらく、音次郎だと思われます」

と、告げた。

今は仰向けになっているが、亡骸はうつ伏せの状態だったという。

祝言を挙げたばかりで、なぜ、このような目に遭わなければならないのかと、剣一郎は怒りを胸に音次郎の亡骸を見つめた。

「腹部と心ノ臓を刺されています」

京之進の声で我に返り、剣一郎はしゃがんで亡骸を検《あらた》めだす。

「殺されて半日は経っているな」

やはり、呼び出しを受けて、須田町からここまで誘われて襲われたのだろう。

「昨夜の宵《よい》の口だ」

剣一郎はゆうべのことは、ゆうべのうちに京之進に話してあった。京之進は今朝早くから、柳原の土手を調べていて、死体を見つけたのである。

「『山形屋』に現われたのは茂太と思われるが、定かではない。北森下町の長屋に、茂太はいなかった」

「茂太のことはさっそく調べてみます」

そのとき、土手をおのぶとおとよが走ってきた。

「音次郎さんが殺されたってほんとうですか」

おとよが駆け寄ってきいた。

「まず、顔を確かめてもらいたい」

剣一郎は亡骸を見せた。

「あっ、音次郎さん」

おのぶが悲鳴のような声を出し、おとよにしがみついた。

「どうして、こんなことに……」

おとよがおのぶの肩を抱きしめて言う。

「音次郎に間違いないのか」

剣一郎は確かめる。

「はい。音次郎さんです。青柳さま。いったい、誰がこんなひどいことを」

おとよが訴えるように言う。

「音次郎を呼びに来た男がいたそうだな」

京之進が声をかける。

「やっぱり、あの男が……」

おとよが眦《まなじり》をつり上げた。

「おまちの使いだと言ったことに間違いないのだな」

「そうです。おまちの使いだと聞いて、音次郎さんは顔色を変えたんです。ですから、ちょっと心配になって」

おのぶが答えた。

「青柳さま。こんなことになって、能代屋さんに何て言えばいいんでしょう」

「不運だったとしか言いようがない」

「音次郎さんを誘い出した男が殺したのでしょうか」

「まだわからぬ」

おまちの使いだと言って『山形屋』に現われたのが茂太だとしても、まだ茂太が殺《や》ったかどうかはわからない。

いや、それより、『山形屋』に現われたのが茂太だったかどうかも、これからの調べを待たねばならない。

能代屋音右衛門が息せき切ってやって来た。

「あんたら……」

音右衛門はおとよとおのぶの顔を見て、

「音次郎に何をしたんだ」

「能代屋さん。落ち着いてください。私たちも驚いているんですよ」

おとよがなだめるように言うが、火に油を注ぐだけだ。

「能代屋。ホトケに対面しないのか」

剣一郎はおとよ母娘を睨みつけている音右衛門に声をかけた。

はっと我に返ったようになって、音右衛門は亡骸に近付き、しゃがみ込んだ。

「音次郎……」

音右衛門は音次郎の土気色になった顔に手をやった。その姿と比べると、最前のおのぶやおとよの態度は少し素っ気なかったように思えた。

まだ、それほど情が湧かないということか。

音右衛門が涙を堪えて立ち上がった。

「青柳さま。豊三郎さんの二の舞ですか。やっぱり、この母娘に……」

「能代屋。ゆうべも話したように、おまちの使いがきて、音次郎は出かけたのだ。その男が何かを知っている」

「誰ですか。その男が誰かわかっているのですか」

「すぐわかる。おまちを知っている人間だ」

音右衛門は震えを帯びた声できく。

「早く下手人を捕まえてください。それから、音次郎は私どもに引き取らせていただきます」

音右衛門は興奮していた。

「何を仰っているんですか。音次郎さんはもう『山形屋』の人間なんです。私たちが引き取ります」

おとよが異を唱えた。

「あんたらと関わらなければ、こんなことにならなかったのだ」

音右衛門が声を振り絞《しぼ》るように言う。

「何を仰いますか。音次郎さんがいい仲だった女とうまく切れていなかったからではありませんか」

おとよの言葉を、剣一郎は聞き咎めた。

「おまちのことを知っていたのか」

「いえ、知りませんが、想像はつきますよ」

「では、今の言葉は想像で言ったのだな」

音右衛門が口をはさむ。

「でも、そうとしか考えられないではないですか」

「おとよ。調べはこれからだ」

剣一郎はたしなめる。

「失礼しました」

「能代屋。祝言を挙げたからには音次郎は『山形屋』の人間だ。だが、おとよ。能代屋の気持ちも察し、うまく話し合いをつけろ」

「はい」

おとよは素直に応じた。

検使与力がやってきて、剣一郎は京之進とともに茂太の長屋に向かった。

北森下町の茂太の住む長屋に着いた。

京之進が腰高障子を開ける。部屋で男が寝ていた。

「誰でえ」

男が起き出してきた。

「南町の者だ。茂太か」

「へえ」

茂太がしゃきっとした。

「ゆうべはどこにいた？」

「ゆうべですか。ここにいました」

「偽りを申すな。ゆうべ、おまえがここにいなかったことはわかっているのだ」

「四つ（午後十時）前には帰っていました」

「それまで、どこにいた？」

「鳥越神社近くの呑み屋です」

「なぜ、そんなところで呑んでいたんだ？　ここからでは遠いではないか」

「旦那。いってえ、なんですかえ。俺に何か疑いでも？」

「『山形屋』の音次郎を知っているな」

「音次郎？　名前だけは聞いています。音次郎がどうかしたんですか」

「ゆうべ、柳原の土手で殺された」

「えっ」

　茂太が口を半開きにした。

「そのことできたいことがある。自身番まで来てもらおう」

「待ってくれ。俺は何もしちゃいねえ」

「話は自身番できく。さあ」

　京之進は急かした。

「あっ」

　茂太が突然、叫んだ。

「どうした？」

「俺はゆうべ、音次郎の使いって男から呼び出されたんだ。店が終わったあと、柳森《やなぎもり》神社で会いたいと」

「作り話はよせ。さっき呑んでいただけだと言ったではないか。名前しか知らない男の誘いにのこのこ出て行ったというのか」

「作り話じゃねえ。おまちのことで大事な話があると言われたんだ」

「でも、音次郎は現われなかった」

「おまちのこと?」

「音次郎は、おまちの使いの男に呼び出されたんだ。おまえが連れ出したのではないか」

「違う。なぜ、俺が音次郎を殺さなきゃならねえんだ」

「おまえは、おまちを捨てて『山形屋』のおのぶの婿になった音次郎が許せなかったんだ。どうだ?」

「確かに、許せねえ。でも、殺そうとまでは思わねえ」

「ともかく、自身番に来るんだ」

剣一郎はいまのやりとりを聞きながら、茂太がとぼけているのかどうか見極めようとしたが、はっきりわからなかった。

茂太が路地に出た。

「茂太さん」

隣家に住むおまちが飛びだしてきた。

「何かの間違いです。茂太さんはそんなことするひとじゃありません」

「おまち。まだ、茂太が下手人と決まったわけではない」

剣一郎はおまちをなぐさめた。

「旦那」

岡っ引きが土間から出てきた。

「竈《かまど》の下にこんなものが」

布で包んだ匕首だ。

「血だ」

布を開いた京之進が叫んだ。

「知らねえ。そんなの知らねえ」

茂太が喚《わめ》いた。

「茂太。自身番ではなく、大番屋に来てもらう」

京之進が語気を強めて言った。

その夜、京之進が南茅場町《みなみかやばちょう》の大番屋から八丁堀の屋敷にやってきた。

「茂太を取り調べていますが、やっていないと言い張っています。血糊《ちのり》のついた匕首が長屋にあったことに対しては誰かにはめられたのだと言い訳しています。その誰かについては、わからないと」

「茂太は音次郎の使いの男から呼び出されたと言っていたが？」

「はい。二十五、六の小柄な体格の男だそうです。右の眉尻《まゆじり》に一寸（約三センチ）ほどの傷があったと言います」

「その男に心当たりはないのだな」

「はじめて見た顔だと言っています。音次郎がおまちに渡してもらいたいものがあると言うので信じたそうです。しかし」

と、京之進は続けた。

「おまちは、自分が音次郎を殺すよう茂太に頼んだことはないと言いました。一度、回向院前の『さとむら』で、茂太が音次郎を許せないと息巻いていたそうです。おそらく、茂太の一存だと思います」

「うむ」

「おとよとおのぶに茂太の顔を検めさせましたが、おまちの使いでやって来た男に間違いないと言いました」

「間違いないと言い切っているのか」

剣一郎は確かめる。

「はい。自信があるようでした。もちろん茂太は『山形屋』には行っていないと言い張っています」

「そうか。念のために、ふたり以外に使いの男を見た者を探し出したほうがいいだろう」

「はい」

剣一郎は腕組みをした。

「どうも妙だ」

「と、仰いますと？」

「およよとおのぶは、『山形屋』にやって来た男の特徴をよく見ていた。茂太と認識できるほどにだ」

剣一郎は疑問を続ける。

「つまり、茂太は顔を晒《さら》しているのだ。茂太にとっては極めて危険なことだ。殺すつもりなら、なぜもっとうまく音次郎を誘《おび》き出さなかったか。それから、茂太はなぜ、血のついた匕首を長屋まで持って帰ったのか。鳥越神社の近くの呑み屋に入ったと言っていた。音次郎を刺したあと、匕首を持ったまま呑み屋に入ったのか。途中、川に捨てるか、土手に埋めるかして処分したほうがよかったはずだ」

「そうですね」

「まるで、自分が下手人だと言っているようなものだ」

「では、茂太が言うように何者かにはめられたのでしょうか」

京之進も厳しい表情になる。

「そのことも考えておいたほうがいい」

「おとよ母娘でしょうか」

京之進が慎重に口にする。

「だとしたら、なぜ、祝言のすぐあとに仕掛けたのか。怪しまれないためにも、もっと時が経ってからのほうがよかったはずだ」

「ええ」

「ともかく、茂太の言い分も十分に聞き、そのことを確かめるのだ。茂太の言い分が正しければ、おとよ母娘に疑いがかかる。おとよ母娘が正しければ、茂太が下手人ということになる。慎重に取調べを続けるように」

「畏まりました」

京之進は大番屋に戻って行った。

剣一郎は音右衛門の声が耳に残っている。

「あんたらと関わらなければ。こんなことにならなかったのだ」

もし、今度の件におとよとおのぶ母娘が関わっているとしたら、豊三郎の件も疑わしくなる。

ただ、豊三郎は病死なのだ。毒死を病死と、京之進や検死の医者が見誤るとは思えない。しかし、婿が続けて命を落としたことに、釈然としないものを感じていた。

二

翌日の昼過ぎ、登一はおはるとともに、壮吉を連れて、神田明神にやって来た。

鳥居をくぐるとき、壮吉の足取りはなんとなく重そうだった。境内に入って、遅れ気味について来る。

壮吉に見合いの話をもちだすと、壮吉は即座に断った。

「親方。お気持ちはありがたいのですが、あっしはまだ所帯を持てる人間じゃありません。どうぞ、この話はなかったことにしてください」

「壮吉。おめえはもう一人前だ。かみさんを貰って、さらに飛躍してもらいてえんだ。相手はおめえも知っている棟梁の源吉の娘だ」

「とんでもない。棟梁があっしのような者に大事な娘さんをくれるはずはありません。どうか、なかったことに」

「じつはな、おめえを俺たちの養子にして、源吉の娘のお久を嫁に貰おうと思うんだ。引け目を感じることはねえ」

「いえ、親方。あっしはまだ腕を磨かなくちゃならないんです。それまでは、嫁を貰うなんて……」

「壮吉。何度でも言うが、おめえはもう一人前の職人だ。どこに出しても恥ずかしくねえ。ともかく、見合いをしてみろ」

「でも」

「いやなら、あとで断ればいい。商家のように家同士での見合いなら、縁組が決まった上の見合いになるが、俺たちはそんな家に縛《しば》られねえ。見合いして、いやなら断っていいんだ」

お久はかなりの器量良しだとおはるが言う。おまけに気立てもいい。その気がない壮吉でも、お久を見ればきっと心が動くはずだとおはるが言う。ただ、お久が壮吉を気に入ってくれるかどうか、そっちのほうが問題だと言っていた。

拝殿でうまくいくように祈ってから、登一は水茶屋に向かった。

奥の縁台に、中年の女と若い娘が座っていた。中年の女は源吉の妹で、若い娘がお久だろう。なるほどしばらく見ないうちに、いい娘になったと、登一は感心した。

登一を真ん中に、とば口にある縁台に腰を下ろした。

茶汲み女に、甘酒を三つ頼む。

「奥に座っているのが、お久だ」

登一は壮吉に囁く。

お久はすでに入ってきた壮吉を見ているはずだ。

甘酒がやって来て、呑みはじめる。かなり、熱い。おはるが息を吹きかけながら啜《すす》る。壮吉は湯呑みを持ったまま、固まったように動かない。考えごとをしているようだ。こんなときにいったい、何を考えているのか。

壮吉の心の内がわからず、登一はいらだった。

そのうち、お久と叔母が立ち上がって、登一たちの前を行きすぎる。目顔で挨拶を交わす。

お久が鳥居のほうに向かった。

「どうだ、いい娘だろう」

登一は壮吉に声をかける。

「へい」

気のない返事だ。

「なんだ、気に入らねえのか」

登一はますますむかっ腹が立った。

「そうじゃありません」

「じゃあ、なんでぶすっとしているんだ?」

「…………」

「なんとか言え」

つい、激しい口調になる。

「先日……」

壮吉が口を開いた。

「ここで高岡弥之助さまといっしょだったおるいさまにお会いしました。青柳さまのお嬢さまです。おるいさまに似合う簪の図柄を考えるためです」

何を言い出すのだと、登一は耳を疑った。

「まだ、図柄がまとまらないのです」

「あれこれ考えず、思い切りよく決めればいいだけのことだ」

「そうなんですが」

「壮吉。おまえのためにここに来たんだ。今、そんなことを考えている場合ではないだろう」

「すみません。そのことが、頭から離れなくて」

「おまえって野郎は……」

登一は呆れ返った。

「それより、お久さんを見たんだろう。どうなんだえ」

おはるがきく。

「気に入らねえか」

登一がいらだってきく。

「いえ」

「じゃあ、話を進めてもいいんだな」

「待ってください」

壮吉はあわてて言う。

「待ってくれだと。向こうに待てと言うのか」

「おるいさまの簪が出来るまで。それまで、そのことに一心になりたいんです」

「それが仕上がったら、お久との話を進めていいんだな」

「へい」

「よし。わかった」

登一はやっと安心し、甘酒の残りを呑みほした。

「行くか」

壮吉とおはるの湯呑みが空になったのを見て、登一は言う。

おはるが銭を払い、水茶屋を出た。

壮吉はそれほど彫金に命をかけているのか、と登一は驚かざるを得なかった。

しかし、女のよさを知らなければ職人としてさらに大きくはなれない。早く、所帯を持たそうと思った。

明神下から神田川に差しかかったとき、筋違橋を渡って白い装束の弔《とむら》いの一行がやって来るのに出会った。

その一行の中に『橋本屋』の番頭がいたのに気づいた。

「壮吉。あれは『橋本屋』の番頭さんだな」

「そうです。番頭さんです」

壮吉も目を見張って、弔いの一行を見送った。本郷《ほんごう》のほうの寺に行くのだろう。

「誰の葬式だろうか」

登一は呟きながら筋違御門を抜けた。

須田町に入ったとき、大戸に忌中の貼紙がある商家の前を通った。

「『山形屋』だな」

登一は呟く、

「一年前にも、婿が亡くなったところだ」

「今度は誰でしょうか。まさか……」

壮吉がはっとして、

「親方。ちょっとどなたが亡くなったのか訊ねてきます」

と言い、隣の荒物屋に入って行った。

「どうしたのかしら、壮吉は……」

おはるが不思議そうに言う。

「まさか……」

登一もはっと気がつた。

壮吉は『能代屋』の音次郎から別れ話の説き伏せを頼まれたと言っていた。音次郎のことが心配になったのだろう。

壮吉が戻ってきた。表情が強張っている。

「どうした？」

「亡くなったのは音次郎さんだそうです」

壮吉の顔は青ざめていた。

「別れ話の説き伏せを頼まれたお方だな」

「はい。『山形屋』に婿入りしたばかりで、音次郎さんは殺されたってことです」

「殺されただと」

「へえ、一昨日の夜、新シ橋のそばで殺されたそうです」

「そうか。そいつはとんだことだったな。おめえは何度も会っていたんだものな」

「はい。三、四度」

「いってえ、誰に殺されたんだ？」

「それが、茂太という男らしいんです」

「茂太……」

「例のおまちさんの知り合いです」

登一は一度会ったことのある茂太を思いだした。音次郎にかなり怒っていた。裏切られ、傷ついたおまちのために手切れ金をふんだくってやらねえと気がすまねえと言っていた。その話し合いがこじれて殺してしまったのだろうと思った。

「茂太が殺ったのは間違いないのか」

「おまちさんの使いだと言って、音次郎さんを呼び出したそうです。茂太は捕まって大番屋にいるそうです」

「おまちの名を使った？」

登一は腑《ふ》に落ちなかった。

「へんだな」

「何か」

「いや。しかし、捕まったのだから、茂太が殺ったんだな」

登一は自分を納得させるように言った。

「音次郎さんが殺されるなんて」

壮吉は沈んだ声で言う。

『彫一』に帰ってきて、仕事場に座ってからも、登一は茂太のことを考え続けた。茂太は遊び人ふうで気が短い感じだったが、人殺しをするような男には見えなかった。

壮吉も小机に向かって鏨と小槌を持っていたが、なかなか手が動かない。音次郎のことを考えているのだろう。

「壮吉」

登一は声をかけた。

「へい」

壮吉は振り返った。

「音次郎さんのことを考えているのか」

「へい。すみません。多少なりとも縁があったひとですから」

「音次郎さんに頼まれて、おまちという女に会いに行ったんだな。別れ話を受け入れるようにと」

「親方、すいません。ほんとうは違うんです」

「違う？」

登一は気になったが、金助たちも聞いているので、

「まあ、いい。あとで話を聞こう。さあ、仕事だ」

登一は仕事をするように仕向けた。


暮六つ（午後六時）になり、金助たちが引き上げたあと、登一は壮吉を呼び寄せた。

「さっきの話の続きだ。おまちに会いに行った理由が違うのか」

「へえ」

「どういうことだ？」

「じつは、おまちさんは別れ話を素直に聞き入れてくれたそうです。そのことで、いじらしくなり、思い出に簪を贈ろうとして、おまちさんに合った図柄の簪を作ってくれないかとあっしに頼みに来たんです。わけをきき、あっしもおまちさんに同情して引き受けてもいいと思いました。それで、おまちさんに会って、どういう図柄がいいか編み出そうとしたんです。いいえ、決して、親方に無断で仕

事を受けようとしたんじゃありません。図柄が決まったら、音次郎さんが正式に親方に依頼するということになっていたんです。でも、途中で音次郎さんの気が変わって、もういいと」

「なぜだ？」

「そんなもの贈ったって、おまちは喜ばないだろうからと」

「それで、その話は立ち消えになったのか」

「へえ」

「茂太という男を知っているのか」

「一度会ったことがあります」

「どんな感じだった？」

「おまちさんに夢中なのかなと」

「いや、夢中というより、おまちのことを大事に思っていたようだ。単に惚れているだけなら、音次郎と別れたことは幸いだったはずだ」

「親方」

壮吉が少し首をかしげ、

「その口ぶり、親方は茂太さんをご存じなんですかえ」

「うむ」

　登一は気まずそうに、

「じつは、おめえのことが心配で、また『さとむら』まで行ったんだ」

「えっ」

　壮吉は口を半開きにした。

「ちょうど、そのとき『さとむら』から男が飛びだしてきた。それが茂太だった。引き止めるおまちに、おめえを虚仮《こけ》にした音次郎を許せねえ。このままじゃ腹の虫が治まらねえ、と喚いていた。そのあと、ひとりになった茂太に声をかけた。おまちを裏切った男に罰《ばつ》を受けさせると言っていたのは、手切れ金をふんだくろうとしていたようだ」

「手切れ金がとれないんで刺してしまったんですね」

「いや。そうは思えねえんだ」

　登一はむきになったように強い口調になって、

「いいか。茂太はおまちのことを大事に思っているんだ。そのおまちは、もう音次郎のことを何とも思っていないと言っていたんだ。それなのに、おまちの名を出して、誘き出して殺すだろうか。おまちに迷惑がかかるじゃねえか。場合によっては、おまちが音次郎を殺すよう茂太に頼んだとも疑われかねない」

「そうですね」

「俺らにはわからねえ理由が茂太にはあったのかもしれねえが、俺はどうも納得いかねえんだ。そうだ、おめえ、高岡さんには今度、いつ会うんだ？」

「明日、ここに来るはずです。おるいさまの簪の図柄を決めるために」

「よし」

登一は青痣与力に相談してみようと思った。

「壮吉。それより、お久のことだ」

「へえ」

「気に入らねえわけじゃねえなら、このまま話を進める。いいな」

「気に入らないどころか、あんな女《ひと》と所帯を持てるなんてもったいないほどです。でも、何度も申し上げて恐縮ですが、あっしはまだ腕を磨かなければなりません。せめて、おるいさまの簪が満足いくように仕上がるまで待っていただきたいのです」

「その話はわかった。先方にそう伝えておく。それでいいな」

「へい」

壮吉は小さい声で答えた。

翌日の昼前、高岡弥之助がやって来た。

「お邪魔します」

「これは、高岡さま」

登一は立ち上がって上がり框まで出て、

「ちとお願いがあるのでございますが」

と、口を開いた。

「『山形屋』の音次郎さんを殺した茂太という男のことで、青柳さまに相談したいことがあります。もし、ついでの折りがありましたら、お立ち寄り願いたいのです。もちろん、場所を指定してくだされば、そこまで出向きますので」

「わかりました。伝えておきます」

「ありがとうございます。壮吉」

礼を言ってから、登一は壮吉を呼んだ。

「へい」

壮吉が立ち上がってやって来た。

「じゃあ、頼んだぜ」

登一は壮吉に声をかけ、弥之助に会釈をし、元の場所に戻った。金助と増吉が冷たい目を向けているのがわかった。壮吉ばかり目をかけてと、不満を持っているのだろうが、それはとんだお門違いだと登一は心の内で呟く。

壮吉と弥之助が引き上げたあと、弥之助の話し合いは四半刻（三十分）ほどで終わった。

「図柄が決まりました」

と、告げた。

「そうか。どんなんだ？」

「はい。おるいさまを一目見たときは藤《ふじ》の精を思い浮かべました」

「藤では、挿《さ》せる季節が限られてしまうな」

「はい。そこで、弥之助さまと相談し、波に千鳥《ちどり》の図案に決めました」

「波に千鳥か。いいだろう。で、仕上げはいつだ？」

「ひと月を見ています。他の仕事もありますので」

「わかった。では、ひと月で仕上げるのだ。打物師には頼んであるのか」

「はい。弥之助さまがすでに頼んであるそうです」

「そうか。いよいよだな。どのような物が出来るのか楽しみだ」

「へい」

珍しく、壮吉は目を輝かせた。

壮吉が持ち場に戻ったあと、金助が立ち上がってやって来た。

「親方。ちょっとよろしいですかえ」

「なんだ？」

「へえ。親方はあまりにも壮吉ばかりを贔屓《ひいき》していますが、あっしらだって『彫二』で、ずっとやって来たんですぜ」

「それがどうした？」

「どうしたですかえ。親方は壮吉ばかり可愛がっていますが、あっしらのことはどうなってもいいってことですかえ」

金助が鼻の穴を膨らませている。

「誰がどうなってもいいと言った？」

「壮吉ばかりに気を使っているじゃありませんかえ。きのうだって、壮吉を連れて神田明神にお参りに行ったそうじゃねえですか。あっしらは、そんなことしてもらっていません」

「神田明神に行きたいのか」

「そうじゃありません」

「じゃあ、どうしろって言うんだ？」

「あっしだって三十を過ぎた。せめて、独り立ちを考えてくれてもいいじゃありませんかえ」

「独り立ち出来る自信はあるのか」

「腕には自信はあります。親方に教えていただきましたから。ただ……」

「ただ、なんだ？」

登一はきき返す。

「すぐには仕事を貰えそうもありません。ですから、そこは親方に面倒を見てもらわなければ……」

そのとき、腰高障子が開いて、羽織を着た四十絡みの男が入ってきた。

「話はあとだ」

「へい」

金助は下がった。

登一は立ち上がって、上がり框まで出て行った。

「これは、『大野屋《おおのや》』さん」

「やっと、いい家が見つかりました」

「えっ、もう見つかったんですかえ。ずいぶん、早かったじゃありませんか」

「それが、急に、仕事場を畳んだ家がありましてね」

「そうでしたか」

「で、金助さんに話は？」

「じつは、家が見つかってから話そうと思っていて、まだなんです」

「そうですか。では、今」

「わかりました。金助」

「へい」

金助が立ち上がってやってきた。

「こちら、池之端仲町《いけのはたなかちょう》で、大きく小間物屋をやっている『大野屋』の旦那だ」

「へえ、金助です」

「お初にお目にかかります。大野屋です。おまえさんのことは、親方から聞いております。なるほど、職人らしい、いい面構えだ」

大野屋は満足そうにうなずく。

「親方」

金助は当惑気味な顔を向けた。

「じつは、大野屋さんから仕事をしてもらいたいという話をもらっていたんだが、うちじゃなかなか出来ない。そこで、ちょうどいい機会だから、金助に任せようと思ったんだ」

「あっしに？」

「そうだ。時期がきたら話そうと思っていたが、思いの外《ほか》早まっちまった。どうだ、やってみろ」

「やるって、大野屋さんの仕事をですかえ」

「そうだ。独り立ちしてな」

「えっ」

「大野屋さんがおめえの住まいも見つけてくれた」

「上野元黒門町《もとくろもんちょう》にいい家がみつかりました。気に入ってもらえると思います」

「三太はもう簡単な仕事はこなせる。三太を連れて行け」

「親方……。すまねえ。なんにも知らずに勝手なことばかり言って。あっしって野郎は、なんて馬鹿なんだ」

「金助。おめえがいなくなると『彫一』も痛手だし、第一、さびしくなる。だが、おめえのためだ」

「親方、ありがとうございます」

「あとは、大野屋さんと話し合って、引っ越しの日取りを決めるんだ。ただし、こっちの仕事は片づけてくれ」

「はい」

「馬鹿野郎。大の大人が泣くんじゃねえ」

登一は軽く叱ってから、

「大野屋さん。こういう男です。よろしくお願いいたします」

「気に入りました。金助さん。頼みましたよ。まあ、近々、おかみさんとふたりで『大野屋』まで来てください」

「へえ。よろしくお願いいたします」

「じゃあ、親方。私はこれで」

大野屋を見送ったあと、増吉が金助のところにやってきて、喜んでいた。その微笑ましい姿に綻《ほころ》んだ登一の顔が、壮吉を見たとたん笑みを消した。辛そうな顔に、おめえはいったい何を考えているのだと、胸ぐらを摑んで問い詰めたかった。

三

その日の夕方、八丁堀の屋敷に帰り、弥之助の言づけをるいから聞いた剣一郎は、着流しに編笠をかぶって、すぐ屋敷を出た。

浜町堀にさしかかった頃にはだいぶ辺りも薄暗くなっていた。

『彫一』の戸障子を開ける。まだ、職人たちは仕事をしていた。

「青柳さま」

登一が立ち上がった。

「何か話があるとのことだが」

「へえ。わざわざお出でいただいて恐縮です。じつは音次郎さんを殺した疑いで捕まった茂太のことで」

「うむ。聞こう」

剣一郎は刀を腰から外して上がり框に腰を下ろした。

「じつは、一度、茂太と話したことがあります」

その経緯を語ってから、

「茂太は音次郎から手切れ金をふんだくってやると言っていたんです。茂太はおまちさんはもう何とも思っていないと言っていました。でも、おまちさんを守りたかったのです。聞けば、おまちさんの使いだと言って、音次郎を呼び出したそうですね。茂太が殺すつもりだったら、おまちさんに迷惑がかかるような真似をするはずありません」

「…………」

「それに、茂太はおまちさんが好きなんです。おまちさんを裏切った音次郎を許せないと思ったでしょうが、音次郎と手が切れて、喜んでいたんじゃありませんか。うまくいけば、自分のものに出来るかもしれません。茂太にしたら、音次郎を殺したって何の得にもなりません」

登一は熱心に訴える。

「もっとも、他に殺さねばならない理由があったなら、あっしの考えはとんだ見当違いってことですが、あっしにはどうしても茂太が殺したとは思えないのです」

「確かに、そなたの言うとおりだ。だが、そなたは、純粋に茂太のことだけを考えて、そう思ったのか」

「と、仰いますと？」

「一年前、『山形屋』で婿が死んだことを知っていたか」

「はい。噂になりましたから」

「どんな噂だ？」

「持参金惜しさに、婿を病死に見せかけて殺したというものです」

「もし、そのことを知らなかったとしても、そなたは同じように茂太は殺していないと思うか」

「………」

「つまり、一年前の出来事があったから、今度も『山形屋』で何かあった、つまり、豊三郎は『山形屋』の人間に殺されたという思いがあって、茂太は無実だと思ったのではないか」

「………」

登一は目を閉じ、大きく深呼吸をした。

「おそれいります」

登一は目を開けて、

「青柳さまの仰るとおりでございます。確かに、あっしは心の奥で、一年前のことと重ねていました。続けて、ふたりの婿が死ぬなんて考えられない。そういう思いから、茂太は無実だと思ったのです。お恥ずかしい限りです」

「いや、今の茂太の話、大いに助けになった。礼を申す」

剣一郎は体を丸めている登一をなぐさめた。

「恐縮にございます」

登一はさらに小さくなった。

「じつは、わしもそなたと同じ思いだ」

剣一郎は立ち上がってから、

「壮吉を呼んでくれぬか」

「へえ。壮吉」

登一は職人のひとりに声をかけた。

「ここに」

やって来たのは、先日見かけた細面の色白の男だ。おとなしそうな感じだが、今も目がらんらんと輝いている。

「弥之助から聞いた。娘の簪のことで世話になっているそうだな。よろしく頼んだ」

剣一郎は壮吉に声をかけた。

「へえ。弥之助さまといっしょにいいものを仕上げます」

「頼んだ」

剣一郎は『彫一』を出てから、南茅場町の大番屋に行った。

まだ、茂太はここに捕らえたままだ。小伝馬町《こでんまちょう》の牢屋敷に送り、吟味方与力の詮議に委《ゆだ》ねるべきだが、剣一郎はもう少し調べてからにするよう京之進に言ったのだ。

茂太の長屋に凶器の匕首が隠してあったのが、かえって偽装を疑わせる。何者かが、茂太に罪をなすりつけようとしたのなら、まさに茂太の申し立てのようになるのだ。

すなわち、音次郎の使いを名乗る男が現われ、茂太を柳森神社に誘き出す。その間に、おまちの名を騙り音次郎を誘き出して殺し、凶器の匕首を留守の茂太の住まいに隠す。

逆に、茂太が下手人だった場合、おまちの名を出して音次郎を誘き出すのは、登一が言うように不自然だ。百歩譲って、おまちの名を出したのだとしたら、そこから足がつくことを考えなかったのか。また、殺しのあと、茂太は呑み屋に寄っている。血染めの匕首を懐に入れたままということになる。なぜ、匕首を途中で処分せず、長屋まで持ってきたか、その説明がつかない。

茂太が無実だとしたら、俄然《がぜん》、おとよとおのぶの母娘に疑いが向かう。このふたりが、おまちの名を出して音次郎を誘き出したのが茂太だと訴えたのだ。ふたりは嘘をついたことになる。

そうだとしたら、茂太を柳森神社まで誘き出した男と仲間ということになる。その男が音次郎を殺したのか、まだ仲間がいたのか。

大番屋の戸を開けて中に入ると、京之進がまた茂太を取り調べていた。

「おめえを誘き出したのは、おまえとおまち、そして、おまちと音次郎の関係を知っている人間だ。誰か心当たりはないか」

「ありません」

茂太は不精髭を生やした疲れた顔で答えた。

「『さとむら』の人間はどうだ？　女将、亭主、女中、客……」

「いないはずです」

「ちょっといいか」

剣一郎が口をはさむ。

「どうぞ」

京之進は譲った。

「茂太」

剣一郎は呼びかけた。

「へい」

「そなたは音次郎と会ったことはあるのか」

「いえ。ただ、何度かおまちといっしょにいるところを見かけたことがあります」

「誰かにつけられているような気がしたことはないか」

「つけられるですか」

茂太は首をかしげ、

「そういえば、二度ほどありました。でも、二カ月ぐらい前のことです」

「二カ月前……」

「その頃、おまちも誰かに見られているような気がすると言ってました」

「最近は？」

「ありません」

「二カ月前か」

剣一郎は、音次郎がおのぶを見初めたのはいつごろだろうかと考えた。どうやら、おのぶが音次郎を婿に決めた理由には……。

「わしからは以上だ」

剣一郎は質問をあっさり切り上げた。

「よろしいので」

京之進が意外そうな顔をした。剣一郎は目顔で、話があると伝える。

茂太を仮牢に戻したあと、京之進がきいた。

「青柳さま。何か」

「音次郎とおのぶの縁組がまとまったのは二カ月前ではなかったか」

「そうです」

「その頃、おまちと茂太は何者かにつけられていた」

「それが何か」

「まだ、不用意には言えぬが、おのぶが音次郎を婿に決めた理由にそのことが関係しているようだ」

「………」

「ともかく、おのぶに男がいるかどうか。やはり、問題はそこに行き着く」

「まだ、おのぶにそのような動きはありません」

音次郎が死に、弔いをすました。男がいれば、そろそろ密会をはじめるに違いないと、見張りを続けている。

「警戒しているのかもしれぬ。茂太が牢送りにならぬと、動かぬかもしれぬ。わしが牢送りを止めさせていたが、この際、茂太を牢送りにしたほうがいいかもしれぬ」

このままでは行き詰まるだけだ、と剣一郎は付け加えた。

「わかりました。さっそく、これから入牢証文をとりに行ってきます」

京之進は即座に応じた。

「おとよやおのぶには牢送りにすることを伝え、安心させよう。もちろん、茂太がほんとうに下手人だということもありうるが……」

剣一郎は茂太を牢送りにすることにためらいがあったが、いつまでも大番屋に留め置くわけにいかない。食事の給仕も出来ないのだ。

「茂太には、事実を明らかにするためだからと言い含めよ」

剣一郎は茂太に気を配って言う。

「はっ。牢屋同心にも茂太のことには注意を払ってもらうように頼んでおきます」

「そうしてもらおう。あとはおのぶを見張るのだ」

「わかりました」

剣一郎は大番屋をあとにした。

翌日は朝からどんよりとしていて、今にも雨が降り出しそうな気配だった。

剣一郎は長谷川町の町外れにある伝六の家にやって来た。何度見ても、小体ながら洒落た家だ。仲人という商売はかなり儲かるのか。それとも、伝六の腕がいいのか。

剣一郎は格子戸を開けて、奥に呼びかけると、先日の若い女が出て来た。何も言わないうちに、奥に向かって、おまえさんと呼んだ。やはり、かみさんだったのかと、剣一郎は若い女を女房にしている伝六に感心した。

「これは青柳さまで」

ずんぐりむっくりの伝六が現われた。

「ちょっと確かめたいことがある」

「なんでございましょう」

伝六は腰を下ろしてきく。

「音次郎がおのぶを見初めたのは、『山形屋』に足袋を買いに行ったときだと聞いていた。間違いないか」

「へえ。それが？」

「米沢町の『能代屋』の近くにも足袋問屋がある。どうして、音次郎はわざわざ須田町の『山形屋』まで行ったのか」

「ひょっとして、おのぶさんの噂をどこかで聞いて、顔を拝みに行ったんじゃありませんか。なにしろ、若くて美人の後家さんですからね」

「そうだろうな。それで、音次郎は仲立ちをそなたに頼んだ？」

「はい」

「顔見知りだったのか」

「へえ。商売柄、あちこちに顔を出しておりますので。『能代屋』さんにも何度かお邪魔したことはございます」

「そうか。それで、『山形屋』に話を持って行ったのだな」

「はい」

「しかし、その頃、おのぶには幾つも縁談が持ち上がっていたのだな」

「はい。おのぶさんも相手を探していたようです。でも、おのぶさんの求めに応えられるお方がいませんでした。そこに音次郎さんが現れたのです」

「音次郎におまちという女がいることを知っていたのか」

「知っていました。でも、音次郎さんはうまく手を切るから問題ないと仰いました」

「『山形屋』に話を持って行っておのぶに音次郎のことをどう話したのだ？　おまちという女がいることを話したのか」

「こちらからは話しません」

「というと？」

「およさんから、音次郎の女関係をきかれました。それで、仕方なくおまちという女がいることを話し、うまく手を切るから問題ないという話をしました」

「すぐ、納得したのか」

「いえ、しつこく、きかれました」

「どこで働き、どこに住んでいるかもきかれたか」

「はい。あまり、気にするので、もうだめかと思っていたら、おとよさんから音次郎さんとの縁組を受けるという返事をいただきました」

「茂太のことを知っていたか」

「ええ。音次郎さんから聞きました。茂太という男がおまちに執心しているから、別れても心配ないと言ってました」

「茂太のことを、おとよやおのぶに話したか」

「話しました。そのほうが、おとよさんたちも安心するだろうと思いましてね」

「ところで、おのぶには男はいなかったのか」

「いえ。いるようには思えません。あの母娘はいつもいっしょに出かけたりしています。おのぶさんがひとりで出かけることはまずありませんから」

「そうか」

「青柳さま。何かあの母娘に疑いが？」

伝六が上目づかいにきいた。

「いや。そうではない。茂太はきょう、小伝馬町へ牢送りになる」

「じゃあ、やっぱり、茂太が？」

「うむ。邪魔をしたな」

剣一郎は伝六の住まいを出て、須田町に向かった。

やはり、おとよ母娘はおまちのことも茂太のこともはじめから知っていたのだ。知っていて、縁組を受けた。

そのことが縁組の差し障《さわ》りにならないと考えてのことか、はたまたそのほうが好都合だったか。


雨模様のせいか、通行人はみな足早になっている。編笠をかぶった剣一郎は須田町の『山形屋』を訪れた。

笠をとって店先に顔を出すと、店番の者が奥に知らせに行った。

「これは青柳さま」

おとよがにこやかな顔で出てきた。

「元気そうだな」

「いつまでも塞ぎ込んではいられませんからね」

「おのぶもすでに悲しみは癒《い》えているのか」

「内心ではわかりませんが、明るく振る舞っております」

「ずいぶん、立ち直りが早いな」

剣一郎はおとよの反応を見る。

「でも、夜には仏壇の前で泣いていますよ」

おとよは落ち着きはらって言う。

「そうか。ところで、音次郎を婿に決めたのはいつごろだったな」

「二カ月近く前かしら」

「決め手は？」

「音次郎さんのおのぶに向ける思いですよ。おのぶもその情にほだされたんです」

「持参金だけではないということだな」

「もちろんでございます」

「婿に決めるにあたり、音次郎の身辺は調べたのか」

「いえ、そんなことはしていません」

「じゃあ、おまちのことは知らなかったのか」

「はい。知りませんでした」

「仲人の伝六から聞いていなかったか」

「いえ。伝六さんはそんなこと言うはずありませんよ。あのひとは縁談をまとめて金を得ている人間ですからね。よけいなことを言って、縁談を壊したらなにもならないでしょうから」

おとよは含み笑いをした。

「妙だな」

「何がですか」

「今、伝六のところに寄って来たが、そなたにはおまちのことも茂太のことも話したと言っている」

「またそんなことを言っているんですか。私は聞いていませんよ」

「そなたから、音次郎の女関係をきかれたので、仕方なく話したと言っていた。茂太のこともな」

「嘘ですよ。あのひとは隠し女がいた音次郎さんを世話したと苦情を言われたくないので、そんなことを言っているんですよ。あのひとはいつもそうです」

おとよは唇をひん曲げて不快感を露《あらわ》にした。

「まあ、今となっては、そんなことを言っても仕方ないか」

「そうですね」

「しかし、もし、おまちと茂太のことを知っていたら、縁組は断っただろうな」

「そうでしょうね」

「結局、音次郎は茂太に殺されたんだ。そなたたちはとんだ貧乏籤《くじ》を引いたわけだ。持参金が残ったとしても、娘の大事な婿を殺されたのでは合わないな」

剣一郎はおとよの顔を窺う。

「ほんとうにそうですよ」

「その茂太だが、きょうようやく牢送りになる。今時分は小伝馬町の牢屋敷に入ったころだ」

「じゃあ、茂太の仕業《しわざ》だとはっきりしたんですね」

「はじめからわかっていたが、念には念を入れて調べていただけだ。わしが直接携《たずさ》わっているわけではないが、自信を持っての牢送りだと聞いている」

「そうですか。これで、音次郎さんも少しは浮かばれるでしょう」

おとよの顔が綻んだ。

「もう、わしがここに来ることはないと思うが、おのぶにもよしなにな」

「はい。ありがとうございます」

おとよに見送られて、剣一郎は『山形屋』をあとにした。これで、おのぶがどう動くか。剣一郎は降り出しそうな空の下を編笠をかぶって急ぎ足になった。

四

翌日の朝、昨夜から降り出した雨は止《や》みそうになかった。

登一は神田竪大工町《たてだいくちょう》にある大工の棟梁源吉の家に行った。きょうは普請場に出られないので、源吉は家にいた。

「源吉さん。ご無沙汰しています」

「登一さん。久し振りじゃねえか。さあ、上がってくれ」

「すまねえ」

登一は部屋に上がった。

源吉は赤銅色に日に焼けている。皺《しわ》の浮いた顔は棟梁としての風格を滲《にじ》ませていた。

ふたりは、深川の冬木町《ふゆきちょう》の長屋で子ども時代をいっしょに過ごし、十歳のとき、それぞれ大工と錺り職人に弟子入りをして住み込んだのだ。

あれから三十年、今やふたりとも大工の棟梁と錺り職人の親方だ。

「あいにくの雨だな」

登一は差し向かいに座って言う。

「仕方ねえ」

源吉は苦笑する。

「登一さん。しばらく」

源吉の女房おとしが茶をいれてくれた。

「おとしさん。相変わらず若いな」

おとしは芸者上がりだ。

「登一さんこそ、相変わらず、お口が上手だこと」

「いやいや、あっしはほんとうのことしか言わないほうでね」

「まあ」

おとしは恥じらうように笑ってから、

「このたびは、妙なご縁で」

と、切り出した。

「その件だが、お久ちゃんはどうだろうな。壮吉を気に入ってくれただろうか」

登一はまずそのことを確かめた。

「まんざらでもないみたいだ」

源吉が答える。

「そうか。よかった。壮吉は何の道楽もしねえ面白みのない男なんで心配していたんだ」

「亭主にするなら道楽者よりよっぽどいいわよ」

おとしが道楽者と言いながら源吉に目をやった。

源吉は顔をしかめ、

「それより、壮吉のほうはどうなんだ？」

と、きいた。

「自分にはもったいなさ過ぎると尻込みしていた。確かに、お久ちゃんはいい娘になった。おとしさんに似て美人だ」

「俺が言うのもなんだがどこに出しても恥ずかしくないと思っている」

「それより、登一さんの養子にして『彫一』を継がせるって、よくよく壮吉さんのことを買っているんだねえ」

おとしが言う。

「おあきの奴が他に嫁に行っちまったんでね。でも、かえってよかったぜ」

登一はしみじみ言う。

「じゃあ、話を進めていいんだね」

「そのことなんだが」

登一は口をいれる。

「もちろん話を進めてもらいたいが、じつは壮吉は今、青痣与力の青柳剣一郎さまのお嬢さまの誂えの簪を作りはじめたんだ」

「ほう、青柳さまの……」

「今度、祝言を挙げられる。その贈り物だそうだ」

「青痣与力の娘さんの簪を作るなんぞ、名誉なことだ」

源吉は目を細めた。

「壮吉はその簪作りに精魂《せいこん》を込めているんだ。その簪が仕上がるまで、具体的な話し合いは待って欲しいというのだ」

「そいつは構わないが」

源吉が当惑ぎみに、

「そいつは構わないんだが」

と、もう一度言ってから、

「壮吉は偏屈な人間のようだな」

「いや。人間は素直だ。ただ、仕事では妥協しないところがある」

「腕のある職人はそうだろうが……」

「おまえさん、何を気にしているんだえ」

「いや、ひとつのことにのめり込んでしまったら、まわりが見えなくなってしまうんじゃねえかと、ちと心配になったんだ。職人としてはいいが、寄り添うほうはたまったもんじゃねえだろう。適当な道楽がある人間のほうが、お久はうまくやっていけると思うが」

「そのことは心配ない。確かに、仕事一途だが、自分勝手な男ではない」

登一は源吉の表情が硬くなったのであわてた。

「俺が養子にしたいと思ったほどの男だ。人間として間違いない」

「おあきはどうして壮吉を婿に選ばなかったんだ？」

「えっ？」

「おめえは、ほんとうはおあきの婿にしたかったんだろう。だが、おあきは壮吉を選ばなかった。おあきだって職人の子だ。『彫一』を守るためには婿をとるべきだということはわかっていたはずだ。なのに、壮吉を婿にしなかった。それなりに理由があるはずだ」

「おあきは他に好きになった男がいたんだ。壮吉がどうのこうのということじゃない」

「わかった。なあ、登一さん。いくら、おめえが養子にするといっても、壮吉はおめえの実の子ではないんだ。おめえやおはるさんがいなくなれば、壮吉に何が残るんだ？」

「おまえさん」

「黙っていろ。これは大事なことだ」

おとしにぴしゃりと言い、

「確かに、壮吉はおめえが見込んだ男だ。いずれ、名人と言われるような職人になるかもしれない。だが、その陰で、お久が苦労するのは目に見えている」

「源吉さんの心配はもっともだ。だが、壮吉を信じてやってくれ。今度、壮吉を連れて来る。その目で確かめてくれ」

「おまえさん。それでいいだろう。まず、壮吉さんに会おうじゃないか」

「うむ」

源吉は気難しい顔をした。

「わかった。そうしよう」

「そうか」

登一はほっとした。

「登一さん。すまねえな。決して、壮吉にけちをつける気じゃないんだ。ただ、娘を嫁に出す俺の気持ちもわかってくれ」

「わかる。俺だってひとり娘を嫁に出した。ずいぶん、葛藤《かっとう》があった」

登一はため息混じりに言う。

「まあ、いい。今度、連れて来てくれ」

「わかった」

どうやらよけいなことを言ってしまったようだ、と登一は反省したが、ふと壮吉のことが気になった。

近頃の壮吉は何を考えているかわからないのだ。登一にも本心をすべて打ち明けていないように思える。

源吉に引き合わせ、かえって源吉の心が離れていってしまう恐れも強いと思った。

「ところで、きょうお久ちゃんは？」

「三味線のお稽古です」

「へえ、三味線を習っているんですかえ」

「ええ。熱心に励んでいます」

「お師匠さんは近くに?」

「多町《たちょう》に」

「そうですか。この雨の中でもお出掛けになるんですから、ほんとうに熱心なんですね」

「そうなんだ。芝居とかそういうものも好きでな」

源吉が口出ししたのは、壮吉との好みの違いを強調したかったのかもしれない。所帯を持っても、そういう嗜《たしな》みを続けられる相手でないとだめだと言っているのだ。

「おや、雨音が小さくなったな」

源吉が耳をそばだてた。そろそろ、引き上げたらどうだと言っているような気がして、

「止みそうだな。じゃあ、また来させてもらう」

と、登一は立ち上がった。

「そうか」

源吉がほっとしたように言う。

「お久ちゃんによろしく」

おとしにも言い、登一は高下駄《たかげた》を履いて土間を出た。

外に出ると、雨はほとんど上がりかけていた。傘を差すまでもなかった。

ふと思いついて、神田多町に足を向けた。三味線の師匠の家の前を通ってみようと思ったのだ。うまくいけば、お久に会えるかもしれない。

多町の町筋を歩いていると、三味線の音が聞こえてきた。そのほうに行くと、格子造りの家の戸口に、常磐津《ときわず》元春《もとはる》という看板がかかっていた。

お久はここに通っているのかもしれないと思った。だが、なかなか格子戸は開きそうにもなかった。

諦めかけたとき、戸の開く音がした。

登一は振り返った。若い女が出てきた。お久ではない。美しい女だ。妖艶な姿に、登一はあっと声を上げそうになった。

『山形屋』のおのぶだ。音次郎が亡くなって日が浅いのに、もう三味線を習いに来ていることがよくわからなかったが、傷心を慰《なぐさ》めるためという理由もあるかもしれない。

おのぶの姿が角に消えたあとも、佇んでいると、

「おじさま」

と、声をかけられた。

はっとして顔を向けると、お久が立っていた。

「あっ、お久ちゃんか」

美しい眉に切れ長の目。甘い香りが漂《ただよ》ってくるようだ。

「やっぱりおじさままでしたのね。似ていると思ったけど、違ったらどうしようかと心配しました」

「お稽古の帰りか」

「ええ。おじさまは？」

「今、お久ちゃんの家に行って来たところだ。ちょうどいいところで会った。少し、話がしたいんだが……。いや、立ち話ですむ」

「はい」

稲荷の祠《ほこら》の前に移動し、

「壮吉のことをどう思うね」

「どうって……。真面目そうな方だと思いました」

「真面目だ。酒を少し呑むくらいで、他に道楽はない。若い女から見たら、面白みのない男かもしれない。だが、あの男はいずれ名人と呼ばれるような職人になるはずだ」

「どうなさったんですか。ずいぶん、むきになっていらっしゃって」

お久が目を丸くした。

「すまない。あんな男だから、お久ちゃんに気に入ってもらえるか心配だったんだ」

「でも、壮吉さんの気持ちもあるでしょう」

「壮吉ははっきり言わねえが、照れているだけだ。お久ちゃんに気に入られる自信はないとも言っていた。もし、お久ちゃんがよければ話を進めたいんだ」

「私は構いません」

「そうか。ありがてえ。だが、じつは壮吉は今、青痣与力の青柳剣一郎さまのお嬢さまの誂えの簪を作りはじめた。今度、祝言を挙げられる。その贈り物だ。壮吉はその簪作りに精魂を込めているんだ。その簪が仕上がるまで、具体的な話し合いは待って欲しいということなんだ」

「わかりました」

「すまねえ。じつは、源吉さんに同じことを言って頼んだのだが、ちょっとへそを曲げられてしまった」

「まあ。どうして？」

「ひとつのことにのめり込んでしまったら、まわりが見えなくなってしまう人間だと、お久ちゃんのことにも目がいかなくなる。そんな男は不安だと」

「そうですか」

お久は笑った。

「おとっつあん、私を嫁に出すのがいやなのでなんでも難癖をつけているんです。その癖、弟の嫁を早くもらおうとして」

「じゃあ、待ってくれるんだね」

「はい」

「よかった。安心した。壮吉は見所のある男だ。きっと、お久ちゃんを仕合わせにする」

登一は気負って言った。

「じゃあ、私はそろそろ帰らないと」

「あっ、待ってくれ。さっき、『山形屋』のおのぶさんが出て来た。おのぶさんも三味線を習っているのか」

「はい」

「じゃあ、おのぶさんとも親しいのか」

「年も近いのでよくお話をします。先日のお弔いにも行ってきました」

「そうか。へんなことをきくけど、おのぶさんにはつきあっている男はいるのかえ」

お久は訝しげに、

「どうしてそんなことをきくんですか」

登一は辺りを見回し、人気《ひとけ》のないのを確かめて、

「音次郎さんを殺した疑いで、私の知っている男が捕まったんだ。私は無実だと思っている。いや、よけいなことをきいてしまった。もういいんだ。忘れてくれ」

お久は答えづらいはずだ。

「じゃあ、壮吉のことを頼んだ」

そう言い、登一は雨上がりのぬかるむ道を用心しながら帰途についた。

五

ふつか後の夕方、剣一郎が屋敷に帰り、常着に着替え終えたあと、るいがやって来た。

「父上。弥之助さまが三日前より、出仕されたそうです。最初はお仲間の方々への挨拶廻りで、なかなかたいへんだそうで」

「そうだ。新参者は古参の者には気を使う。古参者から仕事を教わるのだから、嫌われたら何も教えてくれなくなる。だから、気を使うだけではなく、金も使うのだ」

お役に就くと、古参者に連れられ、お役に関係する掛かりの上役に挨拶をしてまわるが、このときにそれなりの贈り物が必要だ。また、同僚にも料理屋かどかに招いて馳走《ちそう》し、土産《みやげ》を贈らなければあとで意地悪をされる。

「当分は同役の弁当を用意してやらねばならぬのだ」

「まあ」

るいは目を丸くした。

「だから、落ち着くまで、結納は出来ない。早く祝言を挙げたいと弥之助は考えていたようだが、そういう事情から祝言を来春にしたのだ」

「そうだったのですか。私はまた……」

「また、なんだ？」

「いいえ。それより、弥之助さまはだいじょうぶでしょうか」

るいは心配そうな顔をして、

「案ずることはない。わしからも、そのような悪しき慣習があると諄々《じゅんじゅん》に諭《さと》した。それも修業と心得よとな」

「そうですか」

「そういう新参者の禊《みそぎ》をすまして、晴れて仲間になれる。それまで、弥之助も理不尽な目に遭うだろうが、そなたが弥之助を癒《いや》してやるのだ」

「はい」

「それから、祝言を挙げ、弥之助の妻ともなれば、そなたも上役や同役に対して気をつかわなくてはならなくなる」

「はい。心得ております。母上からもよく言い聞かされましたから。それに、志乃さまを見ていますから」

るいは微笑んだ。

「そうであったな。志乃も剣之助に連れられ、上役への挨拶廻りに出かけているからな」

「はい」

「志乃はそういうことを嫌がっていないか」

「いいえ。志乃さまは兄上に尽くすことがとてもうれしいようです。兄上もそんな志乃さまをたいそういたわっております。私も志乃さまのように弥之助さまのお役に立てるように頑張りたいと思います」

「それを聞いて安心した」

剣一郎は心が和《なご》んだ。

「では、私は」

「るい」

剣一郎は最前のことが気になってきいた。

「祝言を来春にした理由について何か言いかけたな。なんと思ったのだ？」

「父上が、私が嫁に行くのを出来るだけ先に延ばしたかったのかと」

「…………」

剣一郎はすぐ返事が出来なかった。

「母上がそう仰っておいでしたから」

「ばかな。そのようなことが……」

剣一郎はしどろもどろになって、

「わしは弥之助が気に入ったのだ。弥之助になら安心して嫁にやれる。だから、すぐにでも嫁に出せると……」

剣一郎は途中で胸が詰まった。

いや、ほんとうは祝言を先延ばししたかったのかもしれない。年内にも挙げようと思えば、挙げられるのだ。

せめて、正月はるいといっしょに過ごしたいという思いがあったのは事実だ。そうか。多恵もるいもそのことに気づいていたのだ。

「るい。わしは……」

剣一郎は言いさした。

「父上、なんですの」

るいがきく。

「いや、なんでもない」

何を言おうとしたのか、自分でもわからなくなった。表向きは平然としているが、心の奥では、るいがこの家を出て行くことにおののいているのだ。

るいが不思議そうな顔で見ている。

「そろそろ夕餉の支度が出来るころだな」

剣一郎はるいの視線から逃れるように立ち上がった。

夕餉のあと、堀井伊之助がやって来た。

「青柳さま。ようやく、先日の依頼の返事がありました。きょう、郡代屋敷に行き、話を聞いてきました」

神田佐久間町の空き家で首つりに見せかけて殺された与謝吉は上州からやって来たというので、代官所に調べてもらっていたのだ。

ようやく、その返事が届いた。

「与謝吉はやはり博徒でした。赤城《あかぎ》村の絹商の主人に雇われ、吉左を追って江戸に向かったということでした」

伊之助は息せき切って続ける。

「上州には江戸から歌舞伎役者や宮地芝居の役者がよく巡業にやって来るようで

す。中でも毎年千鳥花太郎一座がやってくるのですが、その一座の後援をしていたのが絹商の旦那でした。ところが、二年前の巡業で、千鳥吉左という二枚目役者があろうことか、絹商の旦那の妾《めかけ》に手を出し、懇《ねんご》ろになったそうです。そのことが、絹商の旦那の知るところになり大騒ぎになった。それで、千鳥花太郎は吉左を破門にしました。これまでにも、吉左は贔屓筋の旦那のかみさんに手を出したり、女には手が早かったそうです」

やはり、弥之助が聞き込んで来た千鳥花太郎一座の吉左のことだ、と剣一郎は頷きながら聞く。

「ところが、今年の五月、吉左がこっそり赤城に現われ、絹商の旦那の妾に金を無心し、妾は旦那から金を出してもらって吉左に渡した。そのあと、吉左は逃げてしまったそうです。絹商の旦那は怒り狂って、博徒の与謝吉ら三人に吉左を殺せと命じた。それで、与謝吉が江戸にやって来て、吉左を捜し回っていたのです」

「なるほど。それで、吉左らしき男に出会い、あとをつけていたが、気付かれそうになってわしの連れを申し出たのか」

しかし、吉左に気付かれていたのだ。

「で、吉左を追っているのはあとふたりいるのか」

「ふたりは諦めて、上州に引き上げたそうです。ですから、吉左を追っていたのは与謝吉だけです」

「で、吉左の居場所はわかったのか」

「はい。わかりました。青柳さまに、ぜひ、首実検《くびじっけん》をお願いしたく存じます」

「わかった。明日だな」

「はっ」

伊之助が引き上げたあと、剣一郎は濡縁に出た。

夜空は黒い雲におおわれているが、雨は降りそうで降らなかった。橋の上で見た男が吉左かどうか。

明日、そのことがはっきりするのだ。


翌日の朝、剣一郎は堀井伊之助の案内で神田小柳町《こやなぎちょう》にやって来た。小柳町は須田町の隣だ。

小商《こあきな》いの店がならぶ一角にしもた屋がある。その戸口が見通せる場所に岡っ引きの忠治が待っていた。

「どうだ?」

伊之助がきく。

「中にいます」

忠治が答える。

「よし、出て来るまで待とう」

剣一郎は二階家を見つめながら言う。

「吉左はいつからあの家に住んでいるのだ?」

「二年前です」

「二年前? 千鳥花太郎一座を辞めさせられたあとだな」

「上州から戻って、住みはじめたようです」

剣一郎はこの場所が須田町に近いことが気になった。

「あの家に住んでいるのは?」

「住み込みの婆さんと吉左だけです。たまに、人相のよくない男がやって来ると、近所の住人が言っていました」

「仲間がいるのだな」

剣一郎は与謝吉を殺し、首つりに見せかけるには仲間が必要だと思っていた。

それにしても、よく弥之助が吉左のことを調べてくれたと讃《たた》えたかった。宮地芝居の役者だったと弥之助から聞いた伊之助は、宮地芝居の関係者に聞き込みをし、吉左の住まいを見つけたのだ。

「格子戸が開きますぜ」

忠治が声をひそめた。

剣一郎は目を凝《こ》らす。

格子戸が開いて、細身の男が出てきた。三十二、三歳。目鼻立ちの整った顔だが、どこか軽薄な感じがする。

「わしが見た男に間違いない」

剣一郎は言い切った。

「とっつかまえて問い質します」

「待て」

伊之助が飛びだそうとするのを引き止めた。

「与謝吉を空き家に運び入れ、梁から吊るすには仲間が必要だ。その仲間を見つけてからだ」

「はい」

「それに、ちょっと気になることがある」

　剣一郎はおとよ母娘が芝居好きであることを思いだし、

「須田町に『山形屋』がある。婿の音次郎が殺された件との関わりを調べたい。もう少し、泳がせておくんだ」

「わかりました」

　吉左は柳原の土手のほうに向かった。

「じゃあ、あとをつけます」

　忠治が言う。

「気付かれるな」

　伊之助が注意をするように言う。

「へい」

　忠治は手下を先に行かせ、そのあとをつけて行った。

「千鳥花太郎一座は江戸にいないのか」

「はい。巡業中のようです」

「そうか。千鳥花太郎一座が江戸で芝居を打つのは湯島天神であったな」

「そうです」

「吉左の居場所は誰から聞いたのだ？」

「湯島天神の茶屋の女たちからです」

「そうか。わかった。今夜、京之進といっしょにわしの屋敷に来てもらいたい」

「畏まりました」

伊之助と別れ、剣一郎は筋違御門を抜け、御成道《おなりみち》から湯島天神裏門坂通りに入る。

男坂《おとこざか》を上がり、湯島天神境内に入った。

小屋掛けの芝居小屋に、花車鈴次郎《はなぐるますずじろう》の幟《のぼり》が立っていた。芝居のはじまりは昼からで、まだ少し間があった。

楽屋口にいた一座の者らしい男に、

「座元は誰か」

と、剣一郎は訊ねる。編笠をかぶったままなので、頬の青痣には気づかないだろう。

「へい。金兵衛《きんべえ》さんです」

「住まいはどこだ？」

「家は門前町《もんぜんちょう》のようです。でも今、中で座頭と話していますけど」

「いるのか。では、座頭との話が終わったら、ここまで出て来てもらいたい」

「わかりました」

男は中に消えた。

待つほどのこともなく、でっぷり肥《ふと》った男が出てきた。

剣一郎は編笠をとった。

「これは青柳さま」

少し驚いたような顔をした。

「お侍さんとしか聞いてませんでしたので」

「つかぬことを訊ねるが、この小屋では千鳥花太郎一座も芝居をやるのだな」

「はい。やります」

「最近はいつ？」

「半年前です。来月、またここにやって来ます」

「千鳥花太郎一座に千鳥吉左という役者がいたのを覚えているか」

「ええ、覚えています。もう辞めたそうですが」

「なぜ、辞めたか知っているか」

「いいえ。座頭は詳しいことは話してくれませんでした」

「この小屋に、須田町にある『山形屋』のおとよとおのぶの母娘が観に来ていたかどうかわからないか」

「ええ。よく来ていました。娘は器量がいいので客席で目立ちます。舞台の役者も、あの女は誰だと気にしてましたからね」

「千鳥花太郎一座の芝居のときも顔を見せていたのか」

「そのようですね。さっきの吉左なんか、目をつけていたようです」

「吉左とおのぶが親しかったかどうかわかるか」

「親しかったと思います。女たらしの吉左が口説こうとしていたようですからね」

「吉左が今、何をしているか知っているか」

「さあ、一度、見かけたことがありますが、堅気《かたぎ》にはとうてい見えませんでした」

「忙しいところをすまなかった」

「いえ」

剣一郎は小屋から離れた。

吉左とおのぶのつながりはわかったが、どこまでの仲か、ずっとつきあいが続いていたのかどうかはわからない。

今の段階で問い詰めても、しらを切られるだけだ。そして、今後、ふたりがつきあいだしても、音次郎が死んだあとに再会して親しくなったと言い逃れられる。そんな言い逃れを許さない確たる証が欲しかった。

第四章　毒婦

一

剣一郎は奉行所に出仕し、まず宇野清左衛門に会った。

「音次郎殺しで捕まった茂太と申す男は無実なのかもしれぬのだな」

「はい。私は音次郎ははめられたものと考えています」

「では、能代屋の危惧《きぐ》したとおりになったというわけか」

「はい。まだ、想像の範囲内でしかありませんが、『山形屋』のおのぶには役者崩れの吉左という男がついているようです。この吉左は、上州からやって来た与謝吉殺しの疑いもかかっております」

その経緯を説明してから、

「吉左には仲間がいるはずです。今は、その仲間を見つけることに専心しております」

「しかし、『山形屋』は豊三郎の件があって、音次郎に何かあれば疑われることは目に見えていたはず。なのに、なぜあえて音次郎をすぐに殺すような真似をしたのだ?」

「おそらく」

剣一郎は言いよどんだが、思い切って自分の推測を述べた。

「『山形屋』の狙いは持参金です。ただ、持参金を手に入れるだけなら、入り婿を殺す必要はありません。豊三郎のように飼い殺しにしておけばいい。しかし、吉左は入り婿がおのぶと交わることをいやがったのだと思います。だから、祝言のあと、すぐ殺すつもりだったのです。ただ、豊三郎の件があるので、別の方法で殺さなければならなかった。それには、音次郎が打ってつけだったのです。おまちという女に茂太という男がいる」

「持参金だけで音次郎を選んだのではなく、おまちと茂太の存在が大きかったということか」

「はい。おとよは仲人の伝六から、おまちと茂太のことを聞いていました。音次郎は婿に選ばれた時点で、殺される運命にあったのです」

「そうか。能代屋から相談を受けたときにはすでに、音次郎は死に向かっていたのか」

清左衛門はやりきれないようにため息をついた。

「このことに気づいていれば、縁組をやめさせられたと思うと無念でなりません」

「豊三郎の死因に疑いでもあれば、もっと用心したろうが、豊三郎は病死だったからな」

「今から思えば、やはり豊三郎の死も謎《なぞ》です。丈夫だった人間がだんだん痩せていったのは心の悩みだけが理由ではないように思えます」

「しかし、検死でも毒死の様子はなかった。豊三郎を診てきた医者も砒素には気づいていなかったのだ。藪医者だから、砒素の症状を見過ごしたわけではあるまい」

「まさか、毒を吞まされているとは想像してなかったでしょうから、砒素にまで考えが及ばなかったと考えられます。でも、異常な痩せ方に、医者は何が原因かと考えたはずですが……」

そうだ、今まで、注意を向けなかったが、豊三郎を診てきた医者はどのような診立てをしてきたのか。

「青柳どの。いかがした？」

「豊三郎を往診した医者は竹安という漢方医です。あまり評判のいい医者ではなかったようです。他にいい医者が近くにいるのに、なぜ、竹安に診せていたのかというと、呼べばすぐ来てくれるなど重宝していたということです。この竹安から話をきいてみる必要がありそうです」

「やはり、藪医者か。そうよな、確かに他にいい医者がいながら、なぜ、竹安だったのか。真剣に豊三郎の病を治そうとしたのか疑わしいな」

清左衛門も疑問を持った。

「竹安を調べてみます」

「うむ。頼んだ。早く、能代屋のやりきれない思いを払拭させたい」

「わかりました」

剣一郎は清左衛門の前から辞去した。

半刻（一時間）後、剣一郎は須田町の自身番に寄り、漢方医竹安の家を訊ねると、多町二丁目だというので、そっちに足を向けた。

剣一郎は小商いの店が軒を連ねる通りに入り、目についた八百屋の亭主に声をかけた。

「ちょっと訊ねる」

「へい」

「漢方医竹安の家はどこだな」

「竹安の家はこの先です」

亭主は呼び捨てにした。

「竹安の評判はどうだ？」

「さあ、どうなんですかねえ。患者がみな死ぬっていう噂があります」

「そんな噂があるのか」

「へえ。死んで欲しい病人は竹安に診せろと一時は、髪結い床でも噂でした」

「一時というと、いつごろのことだ？」

「去年です。竹安の患者が相次いで死んだんです。そのことから、そんな噂になったようです」

「須田町にある『山形屋』の婿が死んだころか」

「そうです。町内の裏長屋に住む棒手振《ぼてふ》りの男も同じころに死んだんです。やはり、竹安の患者でした」

「そんな噂が立っては、患者も来なくなるだろう」

「そうですね。でも、そこそこはいい暮らしをしているようです」

「そうか。すまなかった」

剣一郎は八百屋を離れ、数軒先に竹安の家を見つけた。軒下に、木札が下がっていて、『漢方医竹安』と記されていた。

戸を開ける。薬草を煎《せん》じる匂いがした。

「ごめん」

剣一郎は声をかける。

「はい」

女が出てきた。うりざね顔の年増だ。

「竹安はいるか」

「今、往診に出かけています」

「待たせてもらっていいか」

「どうぞ」

「すまぬ」

剣一郎は腰から刀を外し、上がり框に腰を下ろした。

「青柳さまですか」

女がきいた。

「そうだ」

やはり、左頰の青痣で正体はすぐばれる。

「どこかお悪いのですか」

「いや。そうではない。話を聞きたくてな」

「話？　ひょっとして、あの噂ですか」

「噂とは？」

「患者がみな死ぬっていう噂です」

「そういう噂があるらしいな。ほんとうなのか」

「嘘ですよ。うちの先生は他の医者に見離された患者や、医者にもかかれない貧しい患者を診てやっていたんです。重篤の患者ばかりを相手にしているから、亡くなる方が多いんです」

「去年、竹安が診ていた『山形屋』の入り婿が死んだ。そのころ、相次いで患者が死んだそうだな」

「ええ。うちの先生が診なかったらもっと早く亡くなっていましたよ」

「ちなみに、その頃、死んだのは誰だ？」

「私は知りません」

「そうか」

そのとき、戸が開いて、十徳《じっとく》姿の男が現われた。四十過ぎの脂ぎった男だ。丸い小さな目を向けて、軽くあっと叫んだ。

剣一郎は立ち上がり、

「竹安か」

と、きいた。

「はい。青柳さまで」

「うむ。ちょっとききたいことがある」

「どうぞ、お上がりください」

竹安は部屋に招じた。

「いや。そんな長くはかからぬ。ここでいい」

「はい」

竹安は部屋に上がり、腰を下ろした。

「なんでございましょうか」

「『山形屋』の豊三郎の件だ」

「…………」

丸い小さな目が微かに泳いだ。

「そなたが豊三郎の往診をしていたそうだな」

「はい。何度か往診しました」

「豊三郎はだんだん痩せていったようだが、どのような見立てをしていたのだ？」

「お腹に痼《しこり》が出来て、食欲もなく、無理して食べてもすぐ吐いて……」

「やはり、痼が出来ていたのか」

豊三郎の亡骸を調べた京之進も腹部に痼があったと言っていた。

「毒を呑まされた様子はなかったのか」

「毒ですって」

「砒素だ」

「いえ、ありません」

声が震えを帯びている。

「砒素中毒の患者を診たことはあるか」

「はい。一度だけ、石見《いわみ》銀山の鼠《ねずみ》取りの薬を呑んで自殺しようとした男を診たことはあります。目が充血し、発疹《ほっしん》が出来ていました。でも、豊三郎さんにはそのような症状は見られませんでした」

さらに、竹安は続ける。

「呑まされたとしたら、毎日少しずつでございましょう。それでも、半年経てば、なんらかの兆候は出るもの。けれど、ございませんでした」

「いつから痼はあったのだ」

「最初は小さかったものが徐々に大きくなっていったのです。その痼が栄養をすべて奪い、体は痩せ細っていったのかもしれません」

「薬は与えたのか」

「はい。痛み止めや食欲が増すような薬を調合して与えました。でも、急激に、悪くなって……」

「豊三郎の往診で、特に変わったことはなかったか」

「いえ、気づきませんでした」

「何もか」

「はい」

竹安は目を逸《そ》らした。何か疚《やま》しいところがあるようだ。ひょっとして、豊三郎の体には砒素を呑まされた痕跡があったのではないか。

「豊三郎が死んだとき、相前後して患者が何人か死んだそうだな」

「いえ。それは無責任な噂です。実際はひとりだけです」

「どこの誰だな?」

「………」

「どうした?」

「今、思いだそうとしているところです。なにしろ、一年以上も前のことですから」

「町内の裏長屋に住む棒手振りの男だと聞いたが」

「そうでしたか。さあ」

竹安は首を傾げ、

「よく、覚えておりません」

「覚えていない?」

「申し訳ございません。思いだせないのです」

「死んだのはひとりだけだとはっきり言ったではないか。そのひとりの名も思いだせないのか」

「はい」

「町内の裏長屋に住む棒手振りの男ではないのか」

「なんとも……」

なぜ、逃げるのか。やはり疚しいことがあるのか。

「豊三郎が死んで、相前後して死んだと言うが、どのくらいの差だったのだ？

一日か二日か」

「一日の差でございました」

「どっちが早かったのだ？」

「豊三郎さんでしょうか」

竹安は自信なさげに答える。

なぜ、竹安は同時期に死んだ患者のことで、これほど言葉を濁《にご》すのか。これ以上聞いても埒《らち》が明かないと思い、話を切り上げた。

「わかった。何か思いだしたら教えてもらおう」

剣一郎は竹安の家をあとにした。

それから、さっきの八百屋の亭主にもう一度会い、

「一年前に死んだ棒手振りの男の名を覚えているか」

と、剣一郎は訊ねた。

「ええ。稲荷《いなり》長屋に住む元助《もとすけ》って男です」

「稲荷長屋に住む元助だな。いくつだ?」

「二十六でした。まだ、若いのに、寝込んでからあっという間だったそうです。店を持つんだと張り切っていたそうですがね」

「無念であったろうな」

剣一郎は痛ましげに言い、八百屋から離れ、稲荷長屋に行った。

長屋木戸を入ると、とば口に立派な稲荷の祠があった。新しく造ったのだろう。古い建物の長屋に場違いのように鎮座している。

その稲荷に手を合わせていた年寄りに、剣一郎は声をかけた。

「一年前、ここに元助という男が住んでいたそうだが」

年寄りは剣一郎の顔を見て、三度ほど瞬《まばた》きをした。そして、あわてて、

「はい。おりました」

と、答えた。

「亡くなったそうだな」

「そうです。これからだってのに可哀そうなことをしました」

「竹安が往診に来ていたようだが」

「そうです。もう、手遅れでしたから、せめて痛みを取り除いてやろうというので竹安先生に薬を調合してもらっていました」

「身寄りは？」

「おりません」

「では、誰にも看取られずに？」

「いえ。最期はお仲間に引き取られて」

「うむ？」

剣一郎は聞き咎めた。

「仲間に引き取られたとは？」

「はい。棒手振りの仲間のひとがやって来て、最期は自分らで看取ってやりたいと、大八車《だいはちぐるま》にふとんごと乗せて連れて行きました」

「誰だ？」

「又蔵《またぞう》という体の大きな男と、もうひとり、細身の平太《へいた》って男です。このふたりが元助を連れて行きました」

「大家も認めたのだな」

「はい。もってあと半月だろうと大家さんも言い、この長屋の人間は付きっ切りで看病してやれないから、仲間に看取ってもらったほうが仕合わせだろうということで」

「で、その仲間の家は？」

「小柳町だということですが、場所はわかりません」

「で、亡くなったのはいつだ？」

「それから十日後でした。仲間のふたりが、元助の亡骸を長屋に連れてきて、通夜と葬式をだしました」

「そのころ、須田町の『山形屋』でも不幸があったそうだが」

「そうです。『山形屋』の婿の葬式と重なったことを覚えています」

「元助の病気はなんだったのだ？」

「腹に痼が出来て、血のめぐりも悪くなって……」

「腹に痼だと？」

「そうです。あっしも一度見舞いに行ったとき、腹を見ました。腹が膨らんでいました」

豊三郎と同じだ。

「仲間の家は小柳町だと言ったな？」

「はい」

「仲間の家に移された元助を見舞った者はいないのか」

「いません。仲間の者が、最期の見苦しい姿を見られたくないと元助が言っているというので、控えておりました」

「そうか。では、仲間の家がどこかわからないのだな」

「はい。ただ、小柳町というだけです」

「わかった。いろいろ手助けになった。礼を言う」

剣一郎は稲荷長屋を出てから、もう一度、竹安の家に行った。

格子戸を開けて土間に入ると、さっきの女が出てきた。

「竹安を呼んでもらいたい」

「さっき、出かけました」

「出かけた？　往診か」

「さあ」

女が首を傾げたのは往診ではないからだろう。

「どんな様子で出かけたのか」

「あわてていたようです」

「わかった」

剣一郎は外に出た。

剣一郎がいろいろ探っていることを、誰かに知らせに行ったのではないか。行き先は小柳町だ。

小柳町に急ぐ。小柳町に吉左の家があるのだ。

剣一郎は吉左の家の前にやって来た。いつもいる見張りの者がいない。吉左が出かけているからだろう。

竹安はどうしたか。留守中の家に入ったか。不用意には近づけない。剣一郎はしばらく様子を窺った。

竹安が吉左の家に駆けつけたとしたら、ふたりはつるんでいたとみていい。つまり、死期の迫った元助は吉左のところに運ばれたと考えられる。

だが、四半刻（三十分）経っても、竹安は出てこない。吉左が帰るまで待つつもりか。

それとも、吉左が留守なのでそのまま引き上げたか。はたまた、剣一郎の見当違いだったか。

さらに、四半刻経っても竹安は出てこなかった。竹安は吉左の家にいないのだ。剣一郎の早とちりだったか。

剣一郎はその場から引き上げ、もう一度、多町二丁目の竹安の家に行った。だが、竹安は帰っていなかった。

二

西陽が柳原の土手に集まっている野次馬の顔を照らしていた。

剣一郎は念のために野次馬の中に吉左の顔がないか眺めたが、見当たらなかった。だが、さっとひとの背後に隠れた男がいた。様子を見ていたのかどうかはわからない。

うりざね顔の年増の女が駆けつけてきた。

「竹安の家の者か」

京之進が確かめる。

「はい」

女は口をわななかせた。

「こっちだ」

京之進は柳森神社の脇の草むらで横たわっている亡骸まで案内した。

小者が莚《むしろ》をめくった。

「あっ、旦那さま」

女はその場に泣き崩れた。

剣一郎はいまいましげに竹安の亡骸に目をやる。竹安は首の骨を折られて死んでいた。下手人は怪力の持主だ。

吉左の家から竹安の家にまわったが、竹安は戻っていなかった。そのとき、剣一郎は危惧を覚え、自身番に駆け込み、京之進を呼び寄せ、竹安を捜しまわったのだ。豊三郎と相前後して死んだ元助の話に、京之進も顔色を変えていた。ことに、元助の腹に痼があった事実に衝撃を受けていた。

そして、夕方になって、京之進が柳森神社脇で死んでいた竹安を見つけた。

女が落ち着くのを待って、剣一郎はきいた。

「さっき、ほんとうにどこに行くとは言ってなかったのか」

「はい。言ってません。いつものことです」

「吉左という男を知っているか」

「いえ」

「竹安から名を聞いたことは？」

「ありません」

「又蔵、あるいは平太という名は？」

「知りません」

「そうか」

女は何も知らないようだ。

「青柳さま。誰がこんなひどいことをしたんですか」

女は訴えた。

「きっと、下手人は捕まえる」

剣一郎は約束する。

女がしぶしぶ引き上げたあと、京之進は口を開いた。

「竹安は豊三郎が砒素を飲まされて衰弱していっていることを知っていたのですね」

「そうだ。おとよから金をつかまされていたのだろう。だが、豊三郎が死んで、美濃屋の訴えで亡骸を調べられたら毒殺がわかってしまう。だから、同じ時期に、死の病の床にあった元助を利用したのだ。豊三郎の腹に痼が出来ていたというのは、竹安の嘘だ」

「病死なら奉行所の検死は必要ないのに、急死なので不審がないか調べて欲しいと、おとよがわざわざ町役人に申し立てたのは、あとから美濃屋が騒ぎ立てることを予期しての対処だったわけですね」

「うむ。元助が病死したのを確かめたあとで、豊三郎に毒を飲ませて殺し、亡骸を入れ換えたのだ。すべてを知っているのは竹安だ。口封じに竹安は殺されたのだ」

「私が豊三郎と思い込んでいた亡骸はじつは元助だったなんて……。もっと注意深く検めていたら、その後の不幸は防げたかもしれないと思うと胸を掻きむしりたくなります」

「おとよもおのぶもいっしょに企んでいたのだ。そこに竹安も絡んでいた。見破ることは出来ぬ。仕方なかった」

「元助を長屋から連れ出したのは又蔵と平太だ。特に又蔵は体の大きな男だそうだ。与謝吉を梁に吊ることも、竹安の首をひねって殺すことも、又蔵なら出来るかもしれない。このふたりは吉左の仲間だ」

剣一郎は言い切り、

「いずれにしろ、ふたりの住まいは吉左の家からそう離れていないはずだ」

「わかりました。必ず、見つけ出します」

「わしは、およよとおのぶに揺さぶりをかけてみる」

陽は沈み、辺りは暗くなっていた。

剣一郎は須田町の『山形屋』の前にやって来た。すでに、大戸が閉まっていた。

潜り戸が開いていたので、剣一郎はそこから土間に入った。

「あっ、青柳さま」

『山形屋』の主人、およよの亭主の喜之助だ。

「すぐ、呼んでまいります」

何も言わないうちから、喜之助は奥に行く。およよに従順な男だ。

およよがやって来た。

「青柳さま。なんでしょうか」

「じつは医者の竹安が殺された」

剣一郎が切り出す。

「竹安先生が？」

おとよは眉根を寄せて、

「いったい何があったのでしょうか」

「まだ、わからない。ただ、殺される前、わしは竹安から妙な話を聞いたのだ」

「妙な話ですか」

「うむ」

「なんでしょう」

「いや、それが信じられぬ話でな。もちろん、『山形屋』に関わりあることだ」

剣一郎はわざと焦《じ》らした。

おとよは厳しい顔つきになって、

「青柳さま。どうぞ、仰ってくださいませんか」

と、促す。

「多町二丁目にある稲荷長屋に元助という二十六歳の男がいた。元助を知っているか」

「知りませんよ」

「そうか。豊三郎が亡くなった前後に、この男も病死した」

「……………」

「元助も竹安が診ていた。竹安の話では、元助も豊三郎も腹に痼が出来るという同じ病なのだ」

「不思議ですね」

おとよの声は微かに震えを帯びている。

「不思議なのは、仲間が死期の迫った元助をどこかに連れて行ったことだ。最期を看取ってやりたいというやさしい気持ちなのだが、その仲間が以前から元助と親しくしていたかどうか疑わしいのだ。というのも、それまで一度も長屋に顔を出していないという」

「病気になったのをあとで知ったんじゃないですか」

「なるほど。そうかもしれないな」

剣一郎は素直に応じ、

「元助は死ぬ三カ月ほど前から寝込むようになった。そして、まったく顔を出さない仲間が死ぬ半月前に急に現われて最期を看取りたいからといって元助を連れていった。最期を看取りたいなら、長屋に泊まり込んで看病するのが筋であろう」

「狭い部屋にふたりも三人も泊まり込むのは無理ですよ」

「おや、元助の部屋を知っているのか」

「いえ、長屋に住んでいるっていうから」

「仲間がふたりか三人だと知っていたのか」

「いえ、仲間というからふたりか三人だと思ったんですよ」

「なるほど」

剣一郎は頷いてから、

「いずれにしろ、竹安は同じ病気の患者をふたり同時に診ていた。同じ病気でありながら、元助は余命幾ばくもないことがわかっていた。ところが、豊三郎は違う。痩せてはいたが、死期が迫っているとは誰も思わなかった。亡くなる数日前まで歩いていたそうではないか」

「…………」

「これはなぜか。そのわけを、竹安は知っているはずだ。だが、その竹安が殺された。まず、口封じを疑う」

「待ってくださいな。口封じってなんですか」

おとよがきっと睨んだ。

「わかっているはずだ」

「わかりません。おっしゃっていただかないと」

「その前に、そなたとおのぶは芝居が好きだそうだな」

「そうですけど、それが何か」

おとよは警戒ぎみにきく。

「江戸三座以外の宮地芝居も見るそうだな」

「ええ、見ますけど」

「千鳥花太郎一座を知っているな」

「………」

「どうなんだ?」

「ええ、知っています」

「そこに千鳥吉左という役者がいた。もちろん、知っているな」

「知っていると言っても、芝居を観て知っているということですけど」

「芝居を離れてのつながりは?」

「ありません」

「おのぶはどうだ？」

「おのぶだって、役者とはおつきあいなんかしませんよ」

「なるほど。ところが、吉左は千鳥花太郎一座から破門になっている。そのことを知っていたか」

「ええ、辞めたことは知っていました。でも、私たちには関わりないことですから」

おとよはつんとした顔で言う。

「そうか。では、役者を辞めた吉左とは会っていないのか」

「会ってませんよ」

「おのぶは、そなたに隠れて会っているのではないか」

「そんなことありません」

おとよは口許を醜く歪める。

「どうして、そんなにはっきり言えるのだ？　おのぶはおのぶで生きているのだ。当然、そなたの知らないこともあろう」

「ありません。私とおのぶの結びつきは強いのですから」

「今、おのぶはいるのか」

「出かけています」

「どこへだ？」

「さあ、聞いていません」

「やはり、おのぶが何をしているか、知らないんだな」

「……………」

「吉左がどこに住んでいるか知っているか」

「知りませんよ」

「そうか。吉左はこの近くに住んでいる。小柳町だ」

「……………」

おとよから返事がない。

「そなたが知らないだけで、おのぶは知っているのかもしれぬ」

「そんなはずありませんよ」

「しかし、そなたはおのぶの動きを摑んでいないではないか」

「でも……」

「おとよ。吉左は、上州からやって来た与謝吉という男を殺した疑いがかかっている。吉左には幾つかの疑いがあり、やがて身動き出来ぬようになろう」

「吉左とは関わりありませんよ」

おとよはまだ強気だった。

「それならいい。わしが心配しているのは追い詰められた吉左がおのぶを道連れに死出の旅に出ることだ」

「………」

何か言い返そうとしたが、おとよは諦めたように口をつぐんだ。

「邪魔をした」

剣一郎は『山形屋』を出た。

すっかり暗くなっていたが、大通りはまだ人通りがある。

剣一郎は編笠をかぶり、帰途に就く。途中、本町通りに入り、やがて伊勢町堀のほうに曲がる。

ずっとついてくる者がいる。隠れてつけているわけではない。

伊勢町堀に差しかかったとき、背後からついてきた男が剣一郎を追い抜いて行った。

堀沿いは商家の蔵が並んでいる。堀と反対の商家の大戸はすでに閉まっていて通りは暗い。

江戸橋《えどばし》に近付いたとき、いきなり土蔵の陰から黒い影が飛びだしてきた。小脇に匕首を構え、頬かぶりをし、尻端折りをした男が剣一郎に向かって突進してきた。

身を翻《ひるがえ》して、不意の攻撃を避け、剣一郎は相手の背中を強く押した。男は勢い余ってつんのめってでんぐり返った。つけてきた男のようだ。

刀を抜いた浪人ふうの侍がふたり現われた。

「何者だ。南町与力、青柳剣一郎と知ってのことか」

顎の紐を外しながら、剣一郎はきく。

いきなり、ひとりが上段から斬り込んできた。剣一郎は素早く踏み込み、剣が降り下ろされる前に相手の懐に飛び込んで編笠を相手の腕に押しつけた。

相手は身動きとれず、狼狽した。

もうひとりの浪人が背後から斬りかかった。剣一郎はひとりめの相手を押し出し、振り向きざまに刀を抜いて、後方の相手の剣を弾く。

よろけながら、相手はすぐに体勢を立て直し、攻撃してきた。剣一郎は相手の剣を鎬《しのぎ》で受けとめた。

「誰に頼まれた？」

手拭いで頬かぶりをした浪人の顔を覗く。色白の顔が、青ざめている。

「金で雇われたのか。こんなことで、人生を棒に振るではない」

剣一郎はそう言い、力を込めて押し返し、ふいに力を抜いて相手の剣を外す。よろけた相手の小手を峰で打つ。

相手は剣を落とした。もうひとりは、正眼に構えたまま、動こうとしない。

「金で頼まれたのだろうが、ばかなことだ。誰に頼まれたか言うのだ。言えば、この場は見逃す」

剣一郎は諭すように言う。

「又蔵という男だ」

落とした刀を拾った浪人が口走った。

「又蔵というのは体の大きな男か」

「そうだ」

「さっきの男は？」

「又蔵の仲間だ。名は聞いていない」

「よいか。目先の損得にとらわれて、身を滅ぼすようなことがあってはならない。浪々《ろうろう》の身は辛《つら》かろうが、決して自棄《やけ》になるな。地道に生きていれば、きっとよいことがある」

「お言葉、身に沁《し》みました」

正眼に構えていた浪人が刀を鞘《さや》に納めて頭を下げた。

「失礼いたします」

ふたりは一礼して、身を翻して駆けて行った。

又蔵か……。突進してきた男は平太であろう。だが、陰でふたりを操っているのは吉左だ。肝心の吉左はなかなか表に姿を現わさなかった。

三

翌朝、剣一郎は年寄同心部屋に、京之進と伊之助を呼び寄せ、宇野清左衛門を交えて打ち合わせをした。

「これまでの調べで、事件のだいたいのからくりはわかった。まず、『山形屋』での豊三郎の件だ」

剣一郎は切り出す。

「おのぶと吉左は出来ていたはずだ。この前提が間違っていたら、わしの考えも根底から崩れてしまう」

剣一郎は一同を見回して、

「おとよとおのぶは持参金目当てで豊三郎を婿にした。だが、おのぶには吉左という男がいるので、豊三郎との夜の営みもなんだかんだと言い訳をして拒《こば》み続けた。その間、豊三郎には毎日、砒素を少しずつ呑ませた。だが、そのまま死ねば、毒殺とばれてしまう。そこで、竹安から病気の元助のことを聞いた。いや、その前から知っていて、すべてを企てたのかもしれない」

元助は腹に痼が出来、だんだん瘦せていった。このままではもって半年。そこで、持参金をだまし取ることを思いついた。

元助がいるから、豊三郎に砒素を呑ませ続けたのだ。世間に豊三郎が病気だと印象づければいいのだ。そして、医者の竹安も仲間だ。

「元助がいよいよだめだとなったとき、吉左の仲間の又蔵と平太が稲荷長屋を訪れ、最期を看取ってやりたいと言い、元助を別の場所に移した。おそらく、吉左の家ではないかと思われる。そこで、元助が息を引き取ったあと、亡骸を『山形屋』に運んだ。おそらく、そのときには豊三郎に毒を呑ませて殺し、亡骸を『山形屋』のどこかに隠したのだろう。

　そして、元助の亡骸を豊三郎として、奉行所に訴えて検死をさせたのだ。あとで、疑いが及ばぬように先手を打ったのだ。そして、病死に間違いないということになってから、豊三郎の亡骸を居間に横たえ、豊三郎の実家『美濃屋』に伝えた」

「無念です。まんまと欺《あざむ》かれました」

　京之進が呻いて悔しがった。

「無理もない。『山形屋』の者たちに加え、竹安もいっしょになって口裏を合わせていたのだ」

　剣一郎は京之進を慰めるためでなく、清左衛門や伊之助に、京之進に落ち度はないことを訴えるために言った。

「諸々のありさまからして、今の考えに間違いはないと思うが、確たる証がない。肝心の竹安が殺されてしまったからだ。竹安はわしがこのからくりに気づいたことを察し、吉左か又蔵たちに知らせに行った。それで、口封じをされたのだ。わしがもう少し注意を働かせれば、竹安を死なせることはなかった……」

「いや。吉左が畜生と同じだからだ」

清左衛門は言い、

「音次郎殺しも、やはり吉左が絡んでいるのだな」

「そうです。吉左は持参金を手に入れたいが、音次郎がおのぶに手をつける前に始末したかったのと、茂太を下手人に仕立てるには、茂太が怒りに燃えている時期がいいという考えから祝言の直後に音次郎を手にかけたのでしょう」

「実際に音次郎を殺したのは平太でしょうか」

京之進がきく。

「そうに違いない。わしを匕首で襲ってきたのが平太だと思う。竹安を殺したのは、又蔵だろう」

「与謝吉を首つりに偽装したのは又蔵ですね」

伊之助が口をはさむ。

「大柄で力持ちの男だ。おそらく、又蔵に違いない」

「吉左は自分では手を下していないのか」

清左衛門が顔をしかめてきく。

「おそらく。吉左は命令するだけでしょう。役者時代の贔屓客に金の無心をするなど、吉左は金を手に入れることには長《た》けていたと思われます」

「残念ながら、まだ吉左とおのぶ、吉左と又蔵たちのつながりを示す証が見つかっていません」

「用心しているのだ。だが、必ず動く」

そう言ったが、剣一郎はふと不安になった。このまま、吉左を野放しにしておいてよいのか。

与謝吉殺しで、吉左を捕まえなかったのは、『山形屋』の件があるので泳がせていたのだ。だが、そのために竹安が殺された。

このままでは、また何かが起きないとも限らない。

「与謝吉殺しで、吉左を捕まえたほうがいいかもしれぬな」

「捕まえますか」

伊之助が身を乗り出した。

「与謝吉が吉左を捜していたことは髪結い床を聞きまわっていたことからも明らかだ。そして、与謝吉は殺し屋として送り込まれた。このことからでも、吉左が与謝吉殺しに関わっていることは明らかだ」

「青柳さま。私もそう思います。もはや『山形屋』で何が行なわれたか明らかになったようなものです。あとは、吉左とおのぶのつながりを見つけるだけです。

吉左を問い詰めて白状させるべきかと」

京之進も同意した。

「宇野さま、いかがですか」

剣一郎は清左衛門に確かめる。

「わしも異議はない」

「わかりました。では、伊之助。吉左を捕らえよ。京之進も手を貸せ」

「畏まりました」

ふたりは同時に答えた。

「では、宇野さまがよろしければこれにて」

剣一郎は終了を告げた。

そのとき、廊下から声がかかり、襖が開いた。

「青柳さま。橋尾さまから、茂太の詮議がはじまるとのことでございます」

見習い与力が告げた。

「わかった」

剣一郎は応じた。

「茂太の詮議は二度目ですか」

京之進が表情を曇らせた。

「おとよを呼んでいるそうだ。おとよがどのような態度を見せるか見物だ」

剣一郎は立ち上がって言った。

剣一郎は詮議所に行き、襖の隙間から中を覗いた。座敷の中央に、吟味方与力の橋尾左門の背中が見える。庭近くに、書役同心と見習い与力の剣之助が控えている。

お白洲《しらす》に茂太が座っていた。必ず無実の証を摑むからと励ましたようだが、茂太の顔色は悪く、元気もなさそうだった。しばらくの牢暮らしがだいぶ堪《こた》えているようだ。

左門がおとよを呼び、同心がおとよを連れてきた。おとよは堂々としていた。どこにも疚しい気持ちなど持ち合わせていないようだ。

左門がおとよが『山形屋』の内儀であることを確かめてから、茂太を知っているかと聞いた。

剣一郎は耳をそばだてた。

「知っています。音次郎さんを呼びにきたひとです」

やはり、平然と答える。

「間違いないか」

「はい。音次郎さんはそのまま帰ってこなかったのですから、忘れるはずはありません」

「しかし、茂太はそのほうに会ったことはないと言っている」

「言い逃れじゃありませんか」

「茂太はそのほうにまともに顔を向けたのか」

「はい、向けました」

「音次郎を誘き出し、殺そうとしている者が、なぜ顔をさらけ出したのだ？」

「さあ、顔を見られても正体はわからないとでも思ったんじゃないですか」

「茂太はそのとき、自分の名を名乗ったのか」

「いえ。名乗りませんけど、おまちの使いで来たと言いました」

「おまちが誰か知っているのか」

「いえ、知りません」

「茂太がやって来たことを告げたとき、音次郎はどのような態度を見せた？」

「瞬間、顔をしかめました。でも、そのあとで、仕方なさそうに出て行きました」

「仕方なさそうに出て行ったのか」

「はい。気が進まないようでした」

「気が進まないのに、なぜ、出て行ったのだ？」

「負い目があったからでしょうね」

「負い目とは？」

「おまちさんを捨てたんですからね」

「しかし、そのときはそのことを知らなかったはずだが？」

「ええ。あとで聞いて、そうだと思ったんです」

「もう一度きくが、おまちの使いと名乗って店に現われたのは茂太に間違いないんだな」

「はい。間違いありません」

「嘘だ。嘘つくな。俺はそんな真似してねえ」

「あら、声もこんな感じでした」

　おとよはずいぶん余裕があるようだ。豊三郎殺しのからくりも、おのぶと吉左のつながりも見抜かれたことはわかっているはずなのに、どうして落ち着いていられるのか。

竹安が死んで口封じが出来たと思って安心しているのか。しかし、吉左のことは言い逃れできないはずだが。

そう思ったとき、突然、耳元で落雷があったような衝撃を受けた。

剣一郎はすぐに奉行所を飛びだした。


四半刻（三十分）後、剣一郎は小柳町の吉左の家の前にやって来た。戸口を見渡せる路地に、伊之助の姿があった。

「家の中が静かです。吉左は出かけているようです」

「朝から出かけたのか」

ずっと見張っていた忠治の手下にきいた。

「いえ、出かけた様子はありません。ひょっとして、夜中に出かけたのかもしれません」

「ゆうべは？」

「はい。夜の五つ（午後八時）に帰ってきました。それから、私が引き上げたのは四つ（午後十時）です。今朝は明け六つ（午前六時）にやってきました。出かけた形跡はありません」

「夜中に出かけたのではないでしょうか。帰ってくるのを待っているのですが」

伊之助が戸惑い気味に言う。

「婆さんがいたはずだが？」

「いません。ときたま、娘のところに泊まりに行くようなので、たぶん、今回もそうなんじゃないかと」

「気になるのだ」

剣一郎は吉左の家を見つめて言う。

「気になるとは？」

「茂太の詮議に呼ばれたおとよの余裕だ」

「余裕？」

「あの余裕がどこからきているのか」

剣一郎は迷ったが、

「よし、踏み込むのだ」

「えっ、吉左の家にですか」

「うむ。留守だとしたら、見張りに気づいてもうここには戻らないかもしれない。あるいは……」

「まさか」

伊之助ははっとし、

「わかりました。よし」

伊之助は忠治に言い、吉左の家に向かった。

格子戸の前で立ち止まり、伊之助は剣一郎に確かめてから戸を開けた。

土間に入る。

「誰かいねえか」

忠治が大声で呼びかける。

返事はない。剣一郎がまず上がった。伊之助と忠治も続いた。

隣の居間に行った。うっと、剣一郎は唸った。吉左らしい男が倒れていた。湯呑みが転がっていた。

唇から血が流れ、苦悶《くもん》の表情だ。死んで半日近く経っているだろう。

長火鉢の脇にあった徳利《とっくり》を摑み、栓《せん》を開け、匂いを嗅《か》いだ。

「毒だ」

剣一郎は徳利を伊之助に渡した。

「昨夜、帰ってきて酒を呑んだ。その中に毒が入っていたんですね。自分で呑んだのでしょうか」

「いや。この苦しそうな顔を見ろ。毒入りと知らずに呑んだのだ」

「いったい誰が？」

「およかおのぶかもしれぬ」

詮議所のおとよの余裕のわけは、このことがあったからではないか。

「吉左はおのぶの情人ではありませんか。そんな男を殺すでしょうか」

伊之助が異を唱えた。

「確かに、おとよ母娘が徳利に毒を入れたという証はない。我らの知らない人間かもしれない」

女たらしの吉左を恨んでいる人間は多いかもしれない。だが、剣一郎はおとよかおのぶだと思った。

「おとよは自分の身を守るためならどんなことでもしでかすかもしれない。そろそろ、おとよが奉行所から帰ってくる頃だ。反応を見てみる」

あとを伊之助に任せ、剣一郎は須田町の『山形屋』に行った。

亭主の喜之助が店番をしていた。

「青柳さま」

喜之助は立ち上がって迎えた。

おそらく、喜之助は事件の蚊帳《かや》の外だろう。何かに気づいていたとしても、おとよやおのぶに不利なことを口にするような男ではない。

「おとよは奉行所から帰って来たか」

「はい。今、呼んで参ります」

喜之助は奥に行き、おとよを呼んで来た。

「これは青柳さま。ちょっと前に、南町から帰ってきました」

おとよはにこやかに言う。

「ごくろうだった」

「音次郎さんの仇《かたき》をとるためですからね」

平然と言うおとよに、剣一郎はかえって感心する。

「きょうはまたなんですか」

おとよが笑みを湛えながらきく。

「吉左が死んだ」

「吉左？」

おとよは首をかしげる。

「役者崩れの吉左だ」

「あれ、あの吉左さんが……。そうですか。まだ、若いのに。病気だったのですか」

「毒を呑まされた」

「まあ、毒を」

わざとらしく、眉を寄せ、

「呑まされたって、誰かに呑まされたんですか。案外と、自分で呑んだのではないんですか」

「苦悶の表情で死んでいた」

「毒は苦しいんでしょうね」

「いや、毒の苦しさばかりではない。吉左は毒を呑まされたと気づいたとき、誰が毒を盛ったのか悟《さと》ったのだ。裏切った相手を恨みながら死んでいった。その怨《おん》念《ねん》が表情に出ていたのだ」

「………」

「おのぶはいるのか」

「おりますが」

「おのぶは吉左の死を悲しむのではないか」

「関わりありませんから、どうでしょうね。呼びましょうか。おまえさん、おのぶを呼んでちょうだい」

「わかった」

喜之助が奥に行く。

「おっかさん、なあに」

おのぶが出てきて、

「あら、青柳さま」

と、華《はな》やいだ笑顔を向けた。

「吉左が死んだので知らせに来た」

「吉左さんって」

おとよと同じような手応えだ。

「ほら、千鳥花太郎一座にいた吉左という役者よ」

「ああ、思いだしたわ。にやけた男ね」

おのぶにも悲しみの情はないようだ。ほんとうに吉左のことを知らない。そう思わせる態度だ。

「青柳さま」

おとよがにやつきながら、

「せっかく知らせにきていただきましたが、私たちは吉左さんとはまったく関わりないんですよ」

「そのようだな」

剣一郎はそう言うしかなかった。

「よけいな真似をしたようだ」

「いいえ。でも、青柳さまでも勘違いなさることがあるんですねえ」

おとよは含み笑いを浮かべた。

剣一郎はおとよ母娘を見誤っていたことを思い知らされた。ふたりが一筋縄で行くような人間ではないことを悟らねばならなかった。

四

弥之助は非番の日、八丁堀までるいに会いに行く前に、『彫一』に寄るつもりで、浜町堀に足を向けた。

御徒目付として、弥之助は本丸御玄関《ほんまるおげんかん》の左のほうにある当番所に詰めた。三人の組頭の下に二十人ほどの御徒目付がいた。

今は弥之助は昼番の勤務で、朋輩たちは御目付からの文書の処理をしているが、弥之助はまだそこまで任せてもらえない。それでも、だんだん仕事に馴れてきて、老中登城の折りに御玄関にて他の御徒目付と左右に並んで迎え入れるのも自然に出来た。

これまで同役などに気を使い、疲労困憊《こんぱい》で下城していたが、今は余裕も生まれ、るいとゆっくり逢瀬《おうせ》を楽しめそうだった。

『彫一』の戸を開けて土間に入る。

「お邪魔します」

弥之助は声をかけると、親方の登一が、

「弥之助さま。お久し振りでございます」

と、挨拶をした。

「はい。やっと非番になって」

「そうですか。おい、壮吉」

登一は声をかけた。

「へい」

壮吉が立ち上がって上がり框までやって来た。

「その後、いかがですか」

「先日、打物師から簪が届きましたので。波に千鳥の図案で彫りはじめています」

「そうですか。楽しみにしています」

「はい」

「それでは、お仕事の邪魔をしてもいけませんので」

弥之助は引き上げ、八丁堀に急いだ。

半刻（一時間）後には、弥之助はるいの部屋で差し向かいになっていた。

「お役目ごくろうさまです。いかがですか、お馴れになりまして？」

るいが心配そうにきく。

「ええ、だいぶ馴れました」

弥之助は答える。

「よかったわ。父からはじめてお役目に就くときは大変だと聞いて案じておりました。ずいぶん、同役の方々に気を使われるのでしょう?」

「青柳さまが仰っておられましたか」

弥之助は微笑み、

「確かに気を使いました。でも、もうだいじょうぶです。それから、組頭さまから縁組の許しを得ました」

「そうですか。よかった」

「早く、結納を済ませるようにと急かされました」

「まあ、どうしてですの?」

「相手が青痣与力の娘御だと知ると、たいそう乗り気になってくださったのです。御徒目付の間でも、青柳さまの名声は轟《とどろ》き、私もいささか鼻が高くなりました」

「そうなんですか」

「そういうわけで、同役の方々も好意的で、私も思ったよりかなり早く職場に溶け込むことが出来ました」

弥之助は居住まいを正し、

「るいどの、そこで、お話があります」

「はい」

「祝言を挙げるのは来春ということになっていますが、もっと早くならないものかと。人間って勝手なものですね。職場に馴れるまでという心配から来春ということで承知をしていたのですが、こうなるともっと早くるいどのといっしょになりたくなりました」

「私もです」

「では、早めるようにいたしませんか。年内といっても十二月は年の瀬でなにかとあわただしいでしょうから十一月までに」

「…………」

るいが表情を曇らせたので、弥之助は不安になった。

「るいどの、何か」

「いえ、ただ……」

「なんですか」

「父はなるたけ私を手放すのを先に延ばしたがっているみたいなのです。弥之助さまに嫁にやるのはうれしいことだと言いながら、正月まではいっしょにいたいと。母がそう言ってました」

「青柳さまが……」

弥之助はため息をついた。

「青柳さまのお気持ちに逆らうわけにはいきませんね」

「いえ、父に頼んでみます」

「いや。考えてみれば、青柳さまからるいどのを奪ってしまうのですから、青柳さまに申し訳がありません」

「でも、私も早く弥之助さまのおそばに行きたいのです」

「るいどの」

弥之助はるいと顔を見合わせながら、早くいっしょになりたいという気持ちと剣一郎に寂しい思いをさせたくないという思いが葛藤した。

戸障子が開いて、急に華やかな空気が流れてきたので、登一は彫金の手を休めて戸口を見た。

そこに若くて美しい女が立っていた。

「お久ちゃん」

登一は立ち上がった。金助や増吉、それに、見習いの職人たちも固まったようにお久に目を向けていた。

「お邪魔します」

お久が土間に入ってきた。

「急にどうしたんだね？」

登一は上がり框まで出てきく。

「おじさま」

お久が声をひそめて、

「この前、『山形屋』のおのぶさんのことをきいていましたね」

と、口にした。

「それが？」

登一は真顔になって、お久に先を促した。

「おのぶさんのお婿さんが殺されて、おじさまの知っている男のひとが捕まったそうですね。おじさまは無実だと思っていると仰っていました」

「その通りだ。そのことで何かあるのかえ」

「ええ……」

お久は職人たちの耳を気にしたようだ。

「おまえさん、上がってもらいなさいな。お久さん、上がって」

「あっ、気づかなかった。すまねえ、上がってくれ」

登一はお久を居間に招いた。

「すみません。お仕事の最中に」

「いや。構わない。それより、さっきの話を教えてくれないか」

「はい。おのぶさんは去年亡くなった豊三郎さんと縁組するまえから親しくしている男のひとがいました」

「その相手を知っているのか」

「はい」

「誰だね」

「元役者の吉左というひとです」

「吉左……。どうして、知っているんだ?」

「豊三郎さんが生きているとき、小柳町の一軒家から出てくるふたりに偶然出会ったことがあるんです。以前、千鳥花太郎一座にいた吉左という役者だとすぐわかりました。数日経って、三味線の師匠の家でおのぶさんに会ったとき、あんなひととつきあってはいけないわって注意したんです。そしたら、豊三郎と縁組する前からの深いつきあいだから別れられないと言ってました」

　お久は告げ口することをためらうように何度か口籠《くちご》もりながら続けた。

「豊三郎さんが亡くなったあと、吉左さんと所帯を持たないのときいたら、あのひとは商家の亭主って柄じゃないからって笑ってました。そして、再婚すると聞いたとき、吉左さんとは、ときいたらただ笑っていました。やはり、切れていなかったのだと思いました」

「どうして、切れていないと？」

「音次郎さんとの縁組が決まった頃から、吉左さんが私に言い寄るようになったんです。一度会っただけなのに、おのぶと別れたからと言い、迫ってきました。もちろん、私は拒みました。そしたら、ある日、おのぶさんが私の家に乗り込んできて、吉左さんにちょっかいを出すのをやめてちょうだいと言ってきたのです。私も心外で、吉左さんに言い寄られて困っていると言い、吉左さんと別れたんじゃないのってきくと、別れてなんかいない、ただ、縁組があるので会うのを控えているだけだとおのぶさんは答えたのです」

「そうか。あの女にはやはり吉左という情人がいたのだな」

「はい」

「それにしても、どうして、今になってそのことを？」

「吉左さんが毒を呑んで死んだんです」

「なに、吉左が死んだ？」

「はい。それで、おのぶさんに会いに行ったら、あの男はあっちこっちで女をたぶらかして恨みを買っていたから毒を盛られたんでしょうって」

お久は急に顔色を変えて、

「そのとき、おのぶさん、こんなことを言ったんです。ひょっとして、あなたじゃないのって」

「なに、お久さんが毒を盛ったと？」

登一は呆れて、

「とんでもないことを……」

と、怒りを口から吐き出すように言う。

「音次郎さんが死んだあと、医者の竹安先生が殺され、今度は吉左さんが毒死。竹安先生は豊三郎さんの往診をしていたお医者さんです。おのぶさんの周辺で、立て続けにひとが死んでいることに、私は恐ろしくなって……」

「そうか。よく言ってくれた。音次郎と縁組するとき、吉左という情人がいたとしたら、音次郎殺しもおのぶと吉左の仕業とも考えられる」

茂太を助けられるかもしれないと、登一は思った。

「お久さん、今のことをお白洲でも話してくれるか。よし。これから、青柳さまに会いに行ってくる」

登一は勇躍《ゆうやく》して立ち上がった。

「おじさま、おばさま、私も失礼します」

「まだ、いいじゃないの」

おはるが引き止める。

「でも、黙って出てきてしまったので。また、今度寄せてもらいます」

「そう……。じゃあ、またきっとよ」

おはるが念を押す。

「壮吉に送らせよう」

「だいじょうぶです」

「いや。待っていてくれ」

登一は仕事場に行き、

「壮吉。手を休められるか」

「へい」

「お久さんを、多町の家まで送ってやってくれ」

「へえ」

壮吉は驚いたような顔をした。

登一は着替え、『彫一』を出た。茂太の疑いを晴らしたい。その思いで、南町奉行所に急いだ。


剣一郎は年寄同心詰所で、京之進と伊之助と向かい合っていた。

「一昨日の夜、吉左の家に、女が忍んでいったのを、近所の人間が見ていました。暗かった上に、頭巾をかぶっていて、顔はわからなかったそうです」

伊之助が聞き込みの結果を告げた。

「毒は鳥兜《とりかぶと》でした。竹安の家からも鳥兜がみつかっています」

「豊三郎に砒素を呑ませていたが、最期は鳥兜を呑ませたのかもしれないな」

おとよは竹安から砒素と鳥兜を預かっていたのだろう。

「又蔵と平太の行方はまだ摑めぬか」

剣一郎はふたりにきいた。

「ふたりが住んでいた長屋を見つけましたが、すでに引き払ったあとでした。おとよが金を与えて逃がしたのだと思います。ただ、手配をしていますので、じきに見つかると思います」

京之進が答える。

「いずれにしろ、おのぶと吉左の関係を明らかにする証がないと、しらを切られるだけだ。おとよ母娘はかなりしたたかだ」

剣一郎はふと表情を曇らせ、

「わしはおとよ母娘に翻弄《ほんろう》されている。あそこまで鬼畜に等しい人間がいることが信じられない」

「そうですね。我が身を守るためには最大の仲間だった吉左まで殺すのですから」

京之進が不快そうに応じる。

「好きだった男まで殺せることが信じられません」

伊之助も匙《さじ》を投げたように言う。

「待てよ」

剣一郎ははっとした。

「なんでしょうか」

「吉左を殺したのは、果たして身を守るためだったか」

「えっ？」

「もし、鳥兜が残っていたら……」

「もしかして自殺ですか」

「その心配がある。吉左を殺したのは自分たちも死ぬ覚悟だったからではないか」

そのとき、廊下で声がして、襖が開いた。

「失礼します」

見習い与力が畏まって告げた。

「青柳さま。ただいま、玄関に錺り職人『彫二』の登一という者が至急の用事で見えました」

「登一とな。わかった」

ふたりを待たせ、剣一郎は玄関に行った。

当番所の近くに、登一が控えていた。

剣一郎の姿を見て、登一が近寄ってきた。

「申し訳ありません。ここまで押しかけて」

「構わん。何かあったのか」

「はい。前置きを抜きに、肝心なことだけを申し上げます。大工の源吉の娘お久が、『山形屋』のおのぶに吉左という情人がいると教えてくれました」

「なに、吉左のことを？」

「はい。豊三郎と縁組する前からのつきあいで、音次郎のときは用心して会っていたそうです。吉左のことは、おのぶも認めていると、お久が話していました」

「お久とそのほうの関係は？」

「はい。このたび、うちの壮吉と見合いをしました。三味線を習っていて、おのぶとは相弟子だそうです」

「そうか」

真実とみて、よさそうだ。

「ごくろうだった。助かった。礼を言う」

「じゃあ、あっしは」

登一が引き上げた。

剣一郎は年寄同心詰所に戻り、

「詳しいことはあとで話す。おのぶと吉左の仲を証す人間が見つかった。万が一のことがあるといけない。直《ただ》ちに、おとよ、おのぶのふたりを捕らえるのだ」

「はっ」

京之進と伊之助はすっくと立ち上がった。

四半刻（三十分）後、剣一郎たちは『山形屋』にやって来た。

店先に喜之助がいた。どこかおろおろした様子だ。

「おとよとおのぶはいるか」

京之進が訊ねる。

「はい。さきほど、出て行きました」

「ふたりでか」

「はい」

「どこに行ったか、わかるか」

「いえ、教えてくれませんでした」

「出掛けに、ふたりは何か言い残したのか」

剣一郎は口をはさむ。

「はい」

「なんと言った？」

「それが……」

「なんだ？」

「はい。あとを頼む？　あとを頼むと」

「わかりません。でも、今までそんなことを言ったことなかったので、なんだか気になって」

「そなた、おとよとおのぶがこれまで何をしてきたか、知っているか」

「いえ……」

「同じ屋根の下にいて何も知らないのか」

「見ないようにしていますので」

喜之助は気弱そうに目を伏せた。

「おとよは鳥兜を持っていなかったか。竹安から手に入れたはずだ」

「さあ」

「隠しても無駄だ。もう、何もかもわかっていることだ」

「………」

「どうなんだ？」

「すみません。おとよの許しがないと、何も喋《しゃべ》れません」

「おとよは鳥兜を持って出かけたのではないのか」

「えっ」

喜之助は顔色を変えた。

「まさか、おとよとおのぶは……」

「死ぬかもしれぬ。菩提寺《ぼだいじ》はどこだ？」

「………」

喜之助は目を閉じた。

「どこだ？　ふたりを死なせてもいいのか」

剣一郎は叱るように言う。

「本郷の本妙寺《ほんみようじ》です」

喜之助は震える声で答えた。

「よし」

京之進と伊之助はすぐに飛びだした。

剣一郎は本郷の本妙寺に駆けつけた。すでに、京之進たちは駆けつけている。無事、ふたりの身柄を取り押さえることが出来ただろうか。

山門を入ると、本堂のほうから京之進たちが引き上げてくる。

「どうであった？」

「いません」

「いない？」

「それどころか、この寺に、『山形屋』の墓はありません」

「なんだと。では、喜之助は嘘をついたのか」

なぜ、そんな真似を……。そう思ったとき、喜之助の気持ちがわかって、思わず声を上げそうになった。

「この先の寺のどこかだ。捜せ」

剣一郎は命じた。

京之進たちは山門を出て行った。

喜之助はわざと出鱈目《でたらめ》な寺を教え、時を稼いだのだ。このまま捕まれば、おとよは引き回しの上に獄門だ。おのぶとて死罪は免《まぬか》れない。いや、ふたりとも裸馬に乗せられて、引き回しの憂き目を見るかもしれない。それだったら、自らの手で死なせてやろうと、喜之助は考えたのだろう。

喜之助はおとよとおのぶが何をしていたか、知っていたのだ。

本妙寺を出て、剣一郎は京之進たちと別の方向に行った。光雲寺《こううんじ》という寺があった。

山門をくぐって境内に入る。本堂の裏手にある墓地に向かったとき、いきなり行く手を塞ぐように、浪人がふたり現われた。ひとりは巨軀で、顎鬚が濃い。もうひとりは、痩せて頬のこけた顔は冷酷そうだった。

「何の真似だ」

剣一郎は語気強く言う。

「この先には行かさぬ」

巨軀の侍が刀を抜いた。もうひとりも抜刀する。

「おまえたち、おとよに雇われたのか。この先に『山形屋』の墓があるのだな」

返事はなく、いきなり巨軀の侍が上段から斬り込んできた。はるか上空からうなりを上げて剣が襲ってきたような錯覚がする。

剣一郎は止むなく剣を抜いた。眼前に迫った剣を弾き、何度か斬り結び、相手の一瞬の隙をついて素早く踏み込む。剣一郎の剣が相手の利き腕を斬った。巨軀の侍はうめき声を発して剣を落とした。

痩せた浪人が背後から斬りかかってきた。剣一郎は振り向きざまに剣をすくい上げ、相手の剣を弾く。

相手はよろけたが、すぐ体勢を立て直し、正眼に構えた。

「どけ。手遅れになる」

剣一郎は怒鳴るように言い、

「これ以上邪魔立てするなら、もう容赦はせぬ」

剣一郎は八双に構えた。

そのとき、駆けてくる足音を聞いた。

「青柳さま」

京之進がやって来た。小者もいっしょだ。

「引け」

巨軀の侍は左手で刀を拾い、逃げ出した。

「追わずともよい。おとよたちはこの奥だ」

「はっ」

京之進は墓地の中を駆けて行った。

小者が戻ってきた。

「青柳さま。見つかりました」

沈んだ声から、剣一郎は事態を察した。

小者の案内で、墓地に行った。広い墓地の奥のほうに『山形屋』の墓があった。

その墓の前で、両足首を腰ひもで結わいたふたりが横たわっていた。

「死んでいます」

京之進が痛ましげに言う。

「誰も捕まえることが出来ませんでした。悔しい」

珍しく、京之進がうなだれた。

「残念だ。そなたの責任ではない。わしがおとよを見誤ったのだ。わしの負けだ。あの世に逃がしてしまった責任はすべてわしにある」

おとよにおのぶ、そして吉左と竹安を死なせてしまったことに、剣一郎は忸怩《じくじ》たるものがあった。とくに、おとよとおのぶに死なれてしまったのは不覚だった。

もっと早い段階で、おとよとおのぶを捕まえておけば、このような事態は避けられただろう。だが、疑わしいからといって強引にしょっぴいて口を割らせるというやり方を、剣一郎はとるつもりはなかった。

他にどのような方法があったろうか。剣一郎はじっくり考えてみようと思った。

「そもそもは豊三郎の死のからくりにまんまと騙された私のしくじりです」

京之進が頭を下げた。

「繰《く》り言を言っても仕方ない」

小者が戸板を運んできた。亡骸を本堂に運ぶのだ。夕陽が戸板に乗せられた亡骸に射し、おのぶの顔がまるで生きているように輝いていた。

五

南茅場町の大番屋で、喜之助の取調べがはじまった。

京之進が口を開く。

「そなたは番頭からおとよの婿になったのだな」

「そうです。先代から乞われて」

喜之助は答え、

「もともと『山形屋』は女系でして、私は飾りでしかありませんでした」

「家も店も、おとよが一切を取り仕切っていたのだな」

「そうです」

「おとよとおのぶは芝居見物、習い事など、ずいぶん金遣いが荒かったようだな。店の内証はどうだった?」

「借金が嵩《かさ》んでおりました」

「それで、持参金目当ての縁組を考えたのか」

「はい」

「しかし、おのぶには吉左という情人がいた」

「はい。ですから、縁組は形だけで、あくまでも持参金目当てでした」

「豊三郎に砒素を盛っていたな」

「そのようです」

「そなたは知らなかったのか」

「知りませんでした。いくら、持参金目当てでも、殺しまで考えていたなんて」

「いつ知ったのだ？」

「豊三郎がだんだん痩せていって不審に思っていたとき、たまたまおとよと竹安の密談を聞いてしまいました」

「だが、そなたは見てみぬふりをした」

「そのとおりでございます」

「豊三郎の死の真相も知っているのだな」

「はい。鳥兜を呑ませて殺し、亡骸を物置に隠し、病死した元助の亡骸を座敷に寝かせ、奉行所に届けました。豊三郎が死ねば、実家の『美濃屋』が騒ぐので、先手をうって奉行所に調べさせたのです。案の定、あとから『美濃屋』が疑いを入れました。でも、病死として始末されていたので、おとよには痛くも痒《かゆ》くもなかったのです」

喜之助は重しがとれたように話した。

「音次郎のことも、そなたは気づいていたのか」

「いえ。豊三郎の件があるので、まさか殺すとは思っていませんでした。ですから、音次郎が殺されたとき、ほんとうに茂太という男の仕業だと思っていました。ただ、音次郎が呼び出された節がないんです。おのぶといっしょに出かけたはずなんです。そのうち、おのぶだけが帰ってきました」

おのぶが柳森神社まで音次郎を連れて行き、そこで待ち伏せていた吉左たちが音次郎を殺したのだろうと、脇で聞いていた剣一郎は想像した。

「竹安の口を封じるように命じたのは誰だ?」

「おとよだと思います。青柳さまにいろいろ糾弾《きゅうだん》されたあと、ずいぶん焦っていました。吉左をそそのかしたのだと思います」

「吉左を、なぜ殺したと思う?」

「おとよとおのぶは追い詰められていました。吉左は遠くに逃げようとしていたようです。おとよとおのぶはその時点で観念したのかもしれません」

「そなたは、一連の殺しを知りながら、黙っていたんだな」

「はい。おとよとおのぶを窮地に追いこむような真似は出来ません」

京之進はひと通りきいたあとで、剣一郎を見た。

剣一郎は喜之助の前に出て、

「そなたは亭主、あるいは父親としてふたりのために何をした? 優柔不断なそなたの性分が今度の結果を招いたとは思わぬか」

と、問い詰めた。

「仰るとおりでございます。私がしっかりしていればこのような不幸を迎えることはなかったでしょう。しかし、ふたりにとって私はないに等しい人間でした」

「ないに等しい？」

「はい。じつは、おのぶは私の子ではありません。私が婿に入ったあと、おとよが情人との間に産んだ子なんです」

喜之助は自嘲ぎみに笑い、

「私は単なる形だけの亭主であり、父親でした」

「そうだったのか」

剣一郎は喜之助もまた犠牲者のひとりだったのかもしれないと思った。

翌日に、芝神明町《しばしんめいちょう》の長屋に潜伏していた又蔵と平太が捕まり、与謝吉殺しからすべてを白状した。

さらに、数日後には、音次郎殺しの疑いが晴れて、茂太が小伝馬町の牢屋敷から解き放たれた。

迎えに来たおまちは、茂太を見ると駆け寄って泣いていた。

茂太の疑いが晴れたことを喜んでいた人間がもうひとりいた。登一だ。茂太はおまちがいればきっと真っ当な男になるはずだと言った。登一はふたりが所帯を持つことを願っているようだった。

仲人の伝六はおとよとおのぶの悪事を知りながら手を貸しており、遠島を免れないはずだ。

ようやく、事件が落着した夜、剣一郎はるいから難題を持ち出された。

「父上、弥之助さまが職場にも馴れ、同役の方々からもよくしていただいているそうです。組頭さまからも皆で祝いたいから早く祝言を挙げるようにとありがたいお言葉をいただいたようです。そこで父上、祝言を早めたいのですが」

「な、なに、祝言を早める?」

剣一郎はあわてた。

「まさか、年内ということか」

「はい。師走は皆さまお忙しいでしょうから十月か十一月に」

「…………」

剣一郎は一瞬呆然とした。せめて、正月はるいと過ごしたいと思っていたのだ。

「父上」

「ああ。そうだな。しかし、弥之助は仕事のほうは……」

剣一郎はしどろもどろになり、横にいた多恵がたまらず噴き出した。

「まあ、いいだろう」

剣一郎は認めざるを得なくなった。


九月になって結納が済んだ。

非番の日、弥之助は『彫一』に寄った。

「きょう、仕上がると伺いました」

弥之助は壮吉に言う。

親方の登一が小箱を持ってきた。

「これです」

登一が小箱を開けて簪を見せた。

「これは……」

手にとって、弥之助は目を見張った。銀製の簪の上の部分に温かみのある膨らみがあり、そこに文様が彫られている。水面に波が立ち、水辺に遊ぶ千鳥が見事な力感を見せている。まるで、今にも歩きだしそうだった。

「素晴らしい。まるで、作り手の魂《たましい》が籠もっているようです」

弥之助は感嘆した。

「きっと、るいどのも喜びます」

「それが、作った本人は気に入らないようなんです」

登一が渋い顔で言う。

「気に入らない？」

弥之助は耳を疑った。

「壮吉さん」

弥之助は声をかけた。

壮吉が上がり框まで出てきたが、表情が曇っている。

「だめなんです。あっしが目指したものが彫れませんでした」

「見事じゃありませんか」

「違うんです」

壮吉は悲しそうな目をする。

「弥之助さま。この簪をるいさまに挿していただいて、その姿を壮吉に見せてやることは出来ませんか。そうすれば、壮吉も納得すると思うのですが」

「わかりました」

橋尾左門の贈り物として作らせたものだが、左門は簪を贈ることをすでに話してある。

るいに見せてもいいだろう。

弥之助は承知した。

さっそく、壮吉といっしょに八丁堀に行った。

剣一郎の屋敷に着き、るいに壮吉を引き合わせ、簪を見せた。

「まあ、素晴らしいこと」

るいも感心して喜んだ。

「るいどの。挿してみてください」

鏡を見ながら、るいは後ろの髷《まげ》に簪を挿した。

「素敵だわ」

鏡を見ながらるいは言う。

「気に入りましたか」

「ええ、とても」

「よかった」

弥之助は壮吉の顔を見た。

壮吉は青ざめた顔をしていた。

「壮吉さん。どうしたんですか」

「すみません。やはり、だめです」

壮吉がいきなり頭を下げた。

「だめ？」

弥之助は呆れたようにきいた。

「あっしが思い描いていたものと違うものが出来上がってしまいました」

「でも、見事なものではありませんか。壮吉さんの魂が籠もっています」

「それがいけないんです」

「いけない？」

「あっしが目指したのはるいさまが挿したとたんに、るいさまの魂が簪に乗り移る。そういう簪を目指したのです。でも、その簪には彫っているあっしの思い入れがもろに出てしまっています」

「そんな難しいことはわかりません。でも、いいものはいいんじゃありませんか」

るいが困ったように言う。

「いえ、その簪では、いずれ、るいさまに飽きがきます。いつか、見向きもされなくなることが目に見えています」

「そうでしょうか」

るいは半信半疑で言う。

「あっしはるいさまにしか合わない簪を目指していました。でも、その簪には自分が出てしまっています。あっしが未熟だということです。弥之助さま、るいさま」

壮吉は畳に手をついた。

「申し訳ありません。その簪をお返しください」

「壮吉さん。どういうことですか」

弥之助は啞然とした。

「るいさまに中途半端なものを使っていただくわけにはまいりません。お願いです。時をください。修業をし、きっと自分が目指すものを作ってお持ちいたします。それまで、待ってください」

「壮吉さん。あなたは完璧を求めすぎではありませんか」

「そうかもしれません。でも、あっしはその高みに立ち向かっていきたいんです。その上で、出来上がったものをるいさまに挿していただきたいのです」

「壮吉さん、あなたはなんというひとなんでしょう」

弥之助は驚きを禁じ得ない。

「あなたが侍だったら、とてつもない剣豪になっていたでしょう」

「とんでもない。ただ、あっしは納得のいく仕事をしたいだけなのです。あっしの我がままで御迷惑をおかけいたします。どうか、その簪をお返しください」

「わかりました」

るいが微笑み、

「その代わり、壮吉さんが納得いくものを作ってください。約束です」

「そのときは、必ずお持ちいたします」

壮吉は悲壮な顔で言う。

「壮吉さん。さっき、修業すると言っていましたが、まさか」

壮吉のなみなみならぬ覚悟を見て、弥之助は息を呑んだ。

なぜ、壮吉があの簪が気に入らないのかを、登一は考えた。

思いつくのはひとつだ。あの簪には壮吉の思いが詰まりすぎている。美を追い求めるためだけのものであれば、あの簪は第一の位にあるほどの出来栄えだ。だが、あまりにも壮吉の思いが注ぎ込まれている。簪を挿す者の美点を殺してしまいかねない。

壮吉はそこまで考えたのであろう。そのとき、壮吉が目指しているものが何かを知って、登一は愕然《がくぜん》とした。

壮吉は自分の手の届かないところに羽ばたこうとしているのだ。

「おまえさん、どうしたんだえ。そんな辛そうな顔をして」

おはるが声をかけた。

「壮吉は……」

登一は言いさした。

「壮吉がどうかしたのかえ」

おはるがなおもきいたとき、戸障子が開いて、壮吉が帰ってきた。

思い詰めたような目をしている。登一はすべてを確信した。

壮吉が登一の前にやって来た。

「親方。お話が……」

壮吉の声は震えていた。

「なんだ」

登一は乱暴に言う。

「お暇《いとま》をいただきたいのです」

予期していたとはいえ、直にその言葉を聞いて、登一は一瞬目が眩んだ。

「壮吉。何を言い出すんだえ」

おはるがうろたえた。

「申し訳ございません」

「独り立ちしたいのかえ」

「そうじゃありません」

壮吉は額を畳につけ、

「育てていただいたご恩を忘れたわけではありません。でも、あっしは……」

壮吉は声を詰まらせたが、

「腕を磨くため、もっと修業したいんです」

「修業ならここで出来るじゃないの」

おはるが泣き声になった。

「それは……」

　壮吉は言いよどむ。

「どこへ行くんだ？」

　自分の声が震えを帯びていることに、登一は気づいた。

「わかりません。ただ、諸国をまわって、その土地土地の職人の技を見てみたいのです。その上で、自分なりの新しい技を編み出したいのです」

「それはどういうことかわかっているのか」

「…………」

「俺が一から教えた技をすべて捨て去るってことだ」

「そうじゃありません」

　登一が吐き捨てる。

「そういうことだ。俺から離れるということはそういうことなのだ。また、そうじゃなければ、新しい技は受け入れられねえ」

「…………」

「俺から受け継いだものをすべて捨てる覚悟があるのか。壮吉、はっきり答えろ。その覚悟で出ていくのか、どうだ」

「はい」

壮吉は顔を上げて言う。

「親方には申し訳ありませんが、いったんあっしは今までのことを一切捨て去り、あらたに出直したいと思っております」

「そうか」

登一はため息をついた。

「その覚悟があるなら、もう何も言わねえ。好きにしな」

「おまえさん」

おはるが悲鳴を上げた。

「おめえは黙っていろ」

登一は壮吉の顔を見つめ、

「いいか。今まで身につけたものを一切捨て去るのは並大抵のことで出来るもんじゃねえ。また、それが出来なければ新しい技を編み出すことは難しい。苦難の道が待っている」

「覚悟の上でございます」

「わかった。出て行け」

登一は突き放すように言ってから、

「その代わり、いつかここに帰ってくるのだ。いや、必ず帰って来い。おめえが帰ってくる家はここしかねえんだ」

「親方」

壮吉は嗚咽《おえつ》を漏らした。

「お久にはうまく話しておく」

急に、胸の奥から突き上げてくるものがあった。登一は懸命に涙を堪えていた。

十月の下旬、るいの祝言の日がついにやって来た。

白無垢《むく》を身につけたるいが剣一郎の前に畏まり、暇乞いをした。

「父上、母上。長い間、ふつつかな私を慈《いつく》しんでくださり、ありがとうございました」

るいは三つ指をついて言う。

「いや……」

剣一郎は当惑し、どう続けてよいか言葉が見つからなかった。多恵も俯いている。

「るいは、父上と母上の子に生まれ、仕合わせでございました」

「わしのほうこそ、そなたが娘でいてくれたこと、心より感謝しておる。そなたといっしょの日々、じつに楽しかったぞ」

「父上」

るいの目が光ったのを見て、剣一郎も胸の底から突き上げてくるものがあった。

「私は嫁いで参りますが、いつまでも父上の娘であることに変わりはありません」

「たっしゃでな。向こうの親御どのに孝行をせよ」

「はい。父上もお体を大切に」

剣一郎は気付かれぬように素早く目尻を拭った。

夕暮れになって、花嫁の一行が婿の家に向かって出立した。婚礼は婿の屋敷で行なわれ、花嫁側の親族は出席しなかった。

剣一郎はるいが乗った駕籠《かご》をいつまでも見送っていた。

「行ってしまいましたね」

多恵が声をかける。

「うむ。行ってしまったな」

　剣一郎はわかっていながらも、こんなに寂しいものだとは思わなかった。だが、るいの仕合わせの門出だ。そう自分に言い聞かせながらも、るいのいない明日からどう暮らせばよいのかとうろたえるばかりだ。

　青痣与力ともあろうものがと、どこかから呆れ声が聞こえてきた。辺りを見回しても声の主はいない。もうひとりの自分の声のようだった。

一〇〇字書評

切り取り線

購買動機（新聞、雑誌名を記入するか、あるいは○をつけてください）	
□（　　　　　　　　　　）の広告を見て	
□（　　　　　　　　　　）の書評を見て	
□ 知人のすすめで	□ タイトルに惹かれて
□ カバーが良かったから	□ 内容が面白そうだから
□ 好きな作家だから	□ 好きな分野の本だから

・最近、最も感銘を受けた作品名をお書き下さい

・あなたのお好きな作家名をお書き下さい

・その他、ご要望がありましたらお書き下さい

住所	〒				
氏名		職業		年齢	
Eメール	※携帯には配信できません	新刊情報等のメール配信を 希望する・しない			

この本の感想を、編集部までお寄せいただけたらありがたく存じます。今後の企画の参考にさせていただきます。Eメールでも結構です。

いただいた「一〇〇字書評」は、新聞・雑誌等に紹介させていただくことがあります。その場合はお礼として特製図書カードを差し上げます。

前ページの原稿用紙に書評をお書きの上、切り取り、左記までお送り下さい。宛先の住所は不要です。

なお、ご記入いただいたお名前、ご住所等は、書評紹介の事前了解、謝礼のお届けのためだけに利用し、そのほかの目的のために利用することはありません。

〒一〇一－八七〇一
祥伝社文庫編集長　坂口芳和
電話　〇三（三二六五）二〇八〇

祥伝社ホームページの「ブックレビュー」からも、書き込めます。
http://www.shodensha.co.jp/bookreview/

祥伝社文庫

離《はな》れ簪《かんざし》　風烈廻《ふうれつまわ》り与力《よりき》・青柳剣一郎《あおやぎけんいちろう》

平成28年12月20日　初版第1刷発行

著　者　小杉健治《こすぎけんじ》

発行者　辻　浩明

発行所　祥伝社《しょうでんしゃ》

東京都千代田区神田神保町3-3

〒101-8701

電話　03（3265）2081（販売部）

電話　03（3265）2080（編集部）

電話　03（3265）3622（業務部）

http://www.shodensha.co.jp/

印刷所　堀内印刷

製本所　関川製本

カバーフォーマットデザイン　中原達治

Printed in Japan ©2016, Kenji Kosugi　ISBN978-4-396-34274-6 C0193

祥伝社文庫の好評既刊

小杉健治

札差殺し

風烈廻り与力・青柳剣一郎①

旗本の子女が自死する事件が続くなか、富商が殺された。頬に走る刀傷が疼《うず》くとき、剣一郎の剣が冴える！

小杉健治

火盗殺し

風烈廻り与力・青柳剣一郎②

江戸の町が業火に。火付け強盗を利用するさらなる悪党、利用される薄幸の人々のため、怒りの剣が吼える！

小杉健治

八丁堀殺し

風烈廻り与力・青柳剣一郎③

闇に悲鳴が轟《とどろ》く。剣一郎が駆けつけると、同僚が斬殺されていた。八丁堀を震撼させる与力殺しの幕開け……。

小杉健治

刺客殺し

風烈廻り与力・青柳剣一郎④

江戸で首をざっくり斬られた武士の死体が見つかる。それは絶命剣によるもの。同門の浦里《うらさと》左源太《さげんた》の技か⁉

小杉健治

七福神殺し

風烈廻り与力・青柳剣一郎⑤

人を殺さず狙うのは悪徳商人、義賊「七福神」が次々と何者かの手に……。真相を追う剣一郎にも刺客が迫る。

小杉健治

夜《よ》烏《がらす》殺し

風烈廻り与力・青柳剣一郎⑥

冷酷無比の大盗賊・夜烏の十兵衛が、青柳剣一郎への復讐のため、江戸に戻ってきた。犯行予告の刻限が迫る！

祥伝社文庫の好評既刊

小杉健治

女形殺《おやま》し

風烈廻り与力・青柳剣一郎⑦

「おとっつあんは無実なんです」父の斬首刑は執行され、さらに兄にまで濡れ衣が……真相究明に剣一郎が奔走する！

小杉健治

目付殺し

風烈廻り与力・青柳剣一郎⑧

腕のたつ目付を屠《ほふ》った凄腕の殺し屋を追う、剣一郎配下の同心とその父の執念！　情と剣とで悪を断つ！

小杉健治

闇太夫《やみだゆう》

風烈廻り与力・青柳剣一郎⑨

百年前の明暦《めいれき》大火に匹敵する災厄が起こる？　誰かが途轍《とてつ》もないことを目論んでいる……危うし、八百八町！

小杉健治

待伏せ

風烈廻り与力・青柳剣一郎⑩

剣一郎、絶体絶命!!　江戸中を恐怖に陥《おとしい》れた殺し屋で、かつて剣一郎が取り逃がした男との因縁の対決を描く！

小杉健治

まやかし

風烈廻り与力・青柳剣一郎⑪

市中に跋扈《ばっこ》する非道な押込み。探索命令を受けた剣一郎が、盗賊団に利用された侍と結んだ約束とは？

小杉健治

子隠し舟

風烈廻り与力・青柳剣一郎⑫

江戸で頻発する子どもの拐《かどわ》かし。犯人捕縛へ〝三河万歳《みかわまんざい》〟の太夫に目をつけた青柳剣一郎にも魔手が……。

祥伝社文庫の好評既刊

小杉健治
追われ者 風烈廻り与力・青柳剣一郎⑬
ただ、〝生き延びる〟ため、非道な所業を繰り返す男とは？ 追いつめる剣一郎の執念と執念がぶつかり合う。

小杉健治
詫び状 風烈廻り与力・青柳剣一郎⑭
押し込みに御家人・飯尾吉太郎《いいおきちたろう》の関与を疑う剣一郎。そんな中、倅《せがれ》の剣之助から文が届いて……。

小杉健治
向島心中 風烈廻り与力・青柳剣一郎⑮
剣一郎の命を受け、剣之助は鶴岡へ。哀しい男女の末路に秘められた、驚くべき陰謀とは？

小杉健治
袈裟《けさ》斬り 風烈廻り与力・青柳剣一郎⑯
立て籠《こ》もった男を袈裟《けさ》懸《が》けに斬り捨てた謎の旗本。一躍有名になったその男の正体を、剣一郎が暴く！

小杉健治
仇返し《あだがえし》 風烈廻り与力・青柳剣一郎⑰
付け火の真相を追う父・剣一郎と、二年ぶりに江戸に帰還する倅・剣之助。それぞれに迫る危機！

小杉健治
春嵐《しゅんらん》（上） 風烈廻り与力・青柳剣一郎⑱
不可解な無礼討ち事件をきっかけに連鎖する事件。剣一郎は、与力の矜持《きょうじ》と正義を賭け、黒幕の正体を炙《あぶ》り出す！

祥伝社文庫の好評既刊

小杉健治
春嵐（下）風烈廻り与力・青柳剣一郎⑲
事件は福井藩の陰謀を孕《はら》み、南町奉行所をも揺るがす一大事に！　巨悪に立ち向かう剣一郎の裁きやいかに？

小杉健治
夏炎《かえん》　風烈廻り与力・青柳剣一郎⑳
残暑の中、市中で起こった大火。その影には弱き者たちを陥《おとし》れんとする悪人の思惑が……。剣一郎、執念の探索行！

小杉健治
秋雷《しゅうらい》　風烈廻り与力・青柳剣一郎㉑
秋雨の江戸で、屈強な男が針一本で次々と殺される……。見えざる下手人の正体とは？　剣一郎の眼力が冴える！

小杉健治
冬波《とうは》　風烈廻り与力・青柳剣一郎㉒
下手人は何を守ろうとしたのか？　事件の真実に近づく苦しみを知った息子に、父・剣一郎は何を告げるのか？

小杉健治
朱刃《しゅじん》　風烈廻り与力・青柳剣一郎㉓
殺しや火付けも厭わぬ凶行を繰り返す、朱雀太郎。その秘密に迫った青柳父子の前に、思いがけない強敵が――。

小杉健治
白牙《びゃくが》　風烈廻り与力・青柳剣一郎㉔
蠟燭《ろうそく》問屋殺しの疑いがかけられた男。だがそこには驚くべき奸計が……。青柳父子は守るべき者を守りきれるのか!?

祥伝社文庫の好評既刊

小杉健治　黒猿《くろましら》　風烈廻り与力・青柳剣一郎㉕

倅・剣之助が無罪と解き放った男に新たに付け火の容疑が。与力の誇りをかけて、父・剣一郎が真実に迫る！

小杉健治　青不動　風烈廻り与力・青柳剣一郎㉖

札差の妻の切なる想いに応え、探索に乗り出す剣一郎。しかし、それを阻むように息つく暇もなく刺客が現れる！

小杉健治　花さがし　風烈廻り与力・青柳剣一郎㉗

少女を庇《かば》い、記憶を失った男に迫る怪しき影。男が見つめていた藤の花に秘められた想いとは……剣一郎奔走す！

小杉健治　人待ち月　風烈廻り与力・青柳剣一郎㉘

二十六夜待ちに姿を消した姉を待ち続ける妹。家族の悲哀を背負い、行方を追う剣一郎が突き止めた真実とは⁉

小杉健治　まよい雪　風烈廻り与力・青柳剣一郎㉙

かけがえのない人への想いを胸に、佐渡から帰ってきた鉄次《てつじ》と弥八《やはち》。大切な人を救うため、悪に染まろうとするが……。

小杉健治　真《まこと》の雨（上）　風烈廻り与力・青柳剣一郎㉚

野望に燃える藩主と、度重なる借金に疲弊する藩士。どちらを守るべきか苦悩した家老の決意は――。

〈祥伝社文庫　今月の新刊〉

阿木慎太郎

闇の警視　撃滅（上・下）

ヤクザV.S.警官。壮絶な抗争、意地のぶつかり合い、そして――。命懸けの恋の行方は。

南　英男

殺し屋刑事《デカ》　女刺客《しかく》

悪徳刑事が尾行中、偽入管Gメンの黒幕が撃たれた。新宿署一の〝汚れ〟が真相を探る。

大下英治

不屈の横綱　小説　**千代の富士**

小さな体で数多の怪我を乗り越え、輝ける記録を打ち立てた千代の富士の知られざる生涯。

藤原緋沙子

冬の野　橋廻り同心・平七郎控

辛苦を共にした一人娘を攫われた女将。その哀しみを胸に、平七郎が江戸の町を疾駆する。

岡本さとる

夢の女　取次屋栄三《えいざ》

預かった娘の愛らしさに心の奥を気づかされた栄三郎が選んだのは。感涙の時代小説。

小杉健治

離れ簪《かんざし》　風烈廻り与力・青柳剣一郎

夫の不可解な死から一年、早くも婿を取る商家。きな臭い女の裏の貌を、剣一郎は暴けるか。

佐伯泰英

完本　**密命**　巻之十八　遺髪　加賀の変

藩政改革でごたつく加賀前田家――清之助にも刺客が！　剣の修行は誰がために。